見えない誰かと

瀬尾まいこ

祥伝社文庫

目次

アンコール卒業式

学校で一番偉い人といえば、やっぱり校長先生になる。自分が生徒のときには、校長先生なんて名前もおぼろげで顔だってぼんやりとしか知らなかったけど、教師として働くようになってからは、校長先生を間近で見ることができる。

学校によって校長先生もいろいろだ。おとなしい人、強引な人、偉そうな人、優しい人。本当にいろんな先生がいる。

そんな中でも強烈に心に残っているのが、大学を出て二校目に働いたI農業高校のW校長先生だ。全寮制のキリスト教の高校だったので、校長先生も信仰心に厚い方だった。そのせいか、とても穏《おだ》やかで、見た目は教師というより牧師さんや神父さんのような人だった。

その高校では非常勤講師として週三日勤務していただけだったし、途中でW校長先生が退職されたから半年程度しか一緒にいなかった。だから、W先生とは直接お話しした記憶はあまりない。でも、心にしっかりと残っているのである。

W先生に初めに好意を抱《いだ》いたのは、勤務するに当たってその学校の卒業アルバムを見せていただいたときである。高校の一年の流れがわかるようにと見せていただいたアルバムの中には、キリスト教とも農業とも縁遠い私にとってはびっくりするような写真が何枚もあった。

中でも一番面白かったのが、収穫祭の写真だ。収穫祭のときには、みんなが仮装して盛り上がるらしいのだけど、一番変な格好《かっこう》をしていたのがW校長先生だった。鼻を赤く塗り、両ほほにパンをくっつけ、黒いマントを着ている。どうやら、アンパンマンらしいのだが、人のよさそうなおじいさんが顔にパンをくっつけて、笑っているだけにしか見えなかった。

学校行事で張り切る先生は多い。生徒を盛り上げるために、先生たちも率先してやる。だけど、やっぱりがんばってる雰囲気《ふんいき》が出てしまう。生徒のために楽しまなくちゃいけないという気負《きお》いが隠せない。でも、W校長先生の仮装にはそういうのがまるでなく、だれよりもはまっていて、自分がやりたかったから勝手にやってしまいました。という感じで、私は、ああいいなあ、とすっかりW校長先生のことが好きになってしまったのだ。

そして、何よりも先生の人柄を感じたのは卒業式のときだ。

式の最後には、定番だけど卒業生の歌というのがある。そこでは、農業高校らしく、『大地讃頌《さんしょう》』が歌われた。毎日讃美歌を歌っているし、音楽が好きな生徒が多く、合唱はすばらしかった。初めてその高校の卒業式に出席した私も、とても感動した。

ところが、合唱が終わり無事卒業式も閉会されようとしたとき、W校長が突然立ち上がった。「何を言うのだろうか？　もう校長先生の式辞は終わったのに」と不思議に思って見ていると、W先生は、「ひとつお願いしていいですか」と卒業生に向かって言った。そして、「今の歌、本当にすごくよかったです。もう一回聞かせてください」と照れくさそうに笑った。

戸惑《とまど》いながらも保護者やほかの先生方も拍手をして同意を示し、再度『大地讃頌』が歌われた。

厳粛な式で、こんなことを言ってのける人を私は初めて見た。その後いろんな学校で働いたけど、卒業式本番で突然歌が二度歌われるなんて前代未聞《ぜんだいみもん》だと思う。でも、すごくいいと思った。いい年になり、校長という立場にいるのに、形式にこだわらず、素直に素敵な気持ちを伝えるW先生はすごくいいと思った。そして、先生は本当に根っから生徒が好きで、好きだから学校で働いている。見栄《みえ》とか名誉とか名声とか、ややこしいものは何もない人なんだなあと思った。

式には流れがあり決まりがある。だけど、もう一度歌われた『大地讃頌』は本当に美しかった。

面接必勝法

私は大学四回生のときから、正教員になりたいと、毎年教員採用試験を受けていた。だけど、そのかいなく、なんと九回連続という勢いで、試験に落ち続けていた。数回目からは一次試験には通過できるようになったのだけど、二次試験であっさりと落とされていた。二次試験は面接と模擬授業なのだが、これがどうもだめなのだ。

それを受けて、H中学校で講師をしていたころ、K校長先生が面接練習をしてくださることになった。

K校長先生は、とてもストレートな人だ。丹後《たんご》弁丸出しでしゃべり、はげている人にはげだと言い、太ってる人にデブだと言ってのける。何か文書などを提出して許可をもらうときでも、「どうでもええ。勝手にせえ」と言ってしまうし、会議にしても、ぐだぐだ言うのが嫌いらしく、「それでええ」と切ってしまう。とにかく豪傑《ごうけつ》な人だ。

勝手気ままなように見えて、K校長先生はみんなに愛されていた。不思議な人だ。校長には珍しく若いというのもあるだろうけど、その面接練習で、私はK校長先生の魅力が何か少しわかったような気がする。

面接練習では、「教師に必要な資質とは何か?」とか、「尊敬できる教師とはどういう教師か?」とか、実際の採用試験でよく訊《き》かれる質問をK先生が出してくれた。私は何年も採用試験を受けているし、学校現場でよく言われていることを耳にもする。だから、それらしいことを答えた。

K先生は「なるほど。それもええけど」と言いながら、「でも、生徒のことを一番に考えて指導するのがええ」とか、「でも、生徒ととことん付き合える先生が尊

敬できる先生や」などと付け加えた。そして、いくつか質問を出してくれているうちに面倒《めんどう》くさくなったのか、

「結局、どんな質問されても、生徒のことが好きでたまらないんです。生徒のためならなんでもします、って言うたらええんや」

と、締《し》めくくられた。

校長先生の模範解答に私はちょっと面食《めんく》らってしまった。先生の答えは私の答えよりずっと若くて純粋だった。

教師になりたいと思いはじめたころの私なら、きっとそう答えていた。もちろん、今だってそういう気持ちだ。生徒が好きだから学校で働いている。生徒のためだから何でもできる。生徒を嫌だなって思う気持ちが少しでも出てきたら、私は学校を辞《や》めようと決めている。

でも、何年も学校という場で働いていると、変な理屈が身についてしまう。うまいこと言っておくほうが楽なことも多いから、要領も覚えてしまう。残念ながら、私も年々理屈にかまけてつまらない人間になっていた。

私より何年も多く学校で働き、いろんな経験をしていてしかも校長先生という立場であるのに、生徒が好きだ、とにかく学校で働きたいんだ、って言ってしまえるK先生はすごいと思う。K校長先生はとても賢い人だけど、変な理屈が頭の中にない。単純に明快に大事なことを平然と通して生きている。偉くなろうが、年をとろうが、関係ない。大事なことは変わらない。そんな風にいられたらどんなにいいだろう、と校長先生がうらやましい。だけど、大事なことを通すためには、もっと強く賢くならなくてはな、と思う。

とにかく、まずは採用試験の面接で、受けのいいことを言って受かろうとする前に、校長先生みたいに、無駄な理屈を省《はぶ》いて正直にやってみようと思う。

愛すべきボス

講師を続けて十年、やっと採用試験に受かり、正式に教員として働くことになって勤務したのがK中学校だ。生徒も元気がよく、職員室の雰囲気もまあまあよく、嫌なことも当然あるのだけど、楽しく毎日が送れていた。

しかし、勤務して何カ月か経《た》つころから、私はいくつかのいたずらに悩まされることになる。

かばんの中にみかんの皮が放り込まれている。「ボケ麻衣子《まいこ》！」と書いたメモ書きが机の上に置かれている。黙々と職員室で仕事をしていると、頭を突然殴《なぐ》られる。お土産《みやげ》で配られたお菓子が勝手に食べられている。こんなことが、毎日のように起こるのである。犯人はやんちゃな生徒ではない。同僚からの嫌がらせでもない。なんと、校長先生なのである。

校長先生は校長室にあまりいない。職員室をうろつくだけでは飽《あ》き足らず、しょっちゅう校舎内を闊歩《かっぽ》して、生徒にだってちょっかいばかりかけている。「校長になる前はパイロットだった」とか「本当はフランス語だってぺらぺらだ」とか、生徒に向かってすぐにバレるうそばかりついている。という風に書くと、とんでもない校長先生のようだけど、すごい人なのである。

何といっても、校長先生自ら生徒のことを一番に考え、生徒のために一番動くのだ。

不登校の生徒がいると、家まで車で飛んでいって話をする。生徒が何か問題を起こすと、飛んでいって解決する。校長先生なのに、生徒のことをすごく知っている。二百人以上の生徒の名前を全部言える。保護者の顔だってちゃんとわかる。こんな校長先生は、他には絶対にいない。

私が担任していたクラスもいろいろなことを抱《かか》えていたので、校長先生がいてくれることは本当に大きかった。学校に来れない生徒と校長先生と一緒に野外学習にも行ったし、元気すぎるお子様を校長先生が叱《しか》ってくれることもあった。「とにかく生徒と関わって、信頼関係を築《きず》くのが一番大事なことだ」という校長先生の方針は、私の理想であった。

だから、この校長先生の下でずっと働きたい。そう思っていたのに、校長先生は一年で異動になってしまった。校長先生がいなくなるなんて、本当にショックだった。私だけじゃない。職員室の人みんなそうだったと思う。

異動するに当たって、校長先生は「異動するときには、ややこしくなるで、職場の女の先生の電話番号は携帯から削除するって決めとるんやけど、おみゃあはええ奴だで、女だけど番号を残しておいてやる」と、言ってくださった。私は嬉《うれ》しい半分、寂しくなってしんみりとしてしまった。

しかし、しんみりしたのは少しの間だ。

校長先生がいなくなってしばらくしてからのこと、携帯電話に「○○中学校の保護者なんですが、オタクのクラスの生徒がうちの中学に来て暴れとるんですけど何とかしてください！」と、苦情の電話が入った。修学旅行中にも、携帯の留守電に「修学旅行も仕事だぞ！　おみゃあが遊んどるという情報が入っとるぞ！　どういうことだ！」とメッセージが入っていた。

もちろん、校長先生である。

他の先生は、「新しい学校で、まだいじめる相手が見つかってないんやねえ」と、気の毒がってくれたけど、校長先生からのいたずら電話ならどんどんかかってきたらいいなと思う。

声を聞くだけで、笑えてしまう大好きな校長先生だ。いつかまた、一緒に働きたい。そのときには、少しは成長した姿を見せられるようにがんばりたいと思う。

初後輩

何年か前、私の車にはかわいいマスコットがぶら下がっていた。小鳥と家をかたどったメルヘンチックなマスコット。普通だったら、私は絶対にそんなことはしない。車なんて行きたい場所に運んでくれるものとしか思っていないし、面倒くさがりだし、物を置くのが嫌いなのだ。なのに、そんなことをしていたのは、後輩ができたからだ。

後輩のOさんと一緒に買い物に行ったとき、Oさんが、「きゃーかわいい。おそろいで買いましょうよ。ね」と言うのに、そのまま乗せられてしまったのだ。マスコットがぶら下がっている車は、運転しづらい。ブレーキをかけるたびに、目の前でちらちら動いて、いらいらする。でも、すごく気に入ってる。今まで自分になかった「ちょっとかわいいもの」がするりと入ってきて、なんだか心地がいい。

学校で働いているせいか、ついこの間まで、私は社会人になってから一度も後輩ができたことがなかった。学校という職場は高齢化がうんと進んでいて、先生たちはお年を召《め》された方が多い。

もちろん、下《した》っ端《ぱ》なりにいいこともたくさんある。面倒見てもらえるし、お得なこともある。だけど、雑用は押し付けられるし、「ちぇ」って思うことのほうが圧倒的に多い。それになにより、以前四年近く勤めていた中学校の高齢化は深刻で、私の次に若い先生が四十四歳。つまり、同年代がいなかった。気軽に帰りに「お茶でも飲みましょう」なんてことはまったくない職場だった。

そんな私の職場にある年度末、ビッグニュースが舞い込んだ。なんと、四月から新規採用の先生がやってくるというのだ。大学を出たばかりの二十二歳の女の子だという。私はすっかりうきうきした。一緒に遊びに行こう、帰りにお茶とかしちゃおう、女子更衣室で噂《うわさ》話もしちゃおうと、いろんな考えを頭に張り巡《めぐ》らしていた。

きっと、若い娘が大好きなおじさんの先生より、私のほうがずっとどきどきして彼女がやってくるのを待っていたはずだ。

そして、やってきた四月。あんなに楽しみにしていたのに、私はすっかりびびってしまった。中学生や高校生はうんざりするほど眺《なが》めてきたけど、自分よりちょっとだけ若い人なんて、ここ何年も接したことがなかったのだ。何を話そう、どうやって近づこうと戸惑ってしまった。

ところが、新任のOさんは、すぐにあっけなく近づいてきてくれた。ずうずうしくなく、すんなりと私の生活の中に入ってきた。

Oさんは一人暮らしが寂しいと言い、食事や買い物に一緒に行くようになり、なんだかんだとよく遊ぶようになった。我が家にだって平気でさらりと泊まりに来たりした。普通にご飯を食べて、ころりと眠ってしまったりする。私だったら先輩の家に泊まりに行くなんて、緊張するし嫌なだけなのに。今の若い人の他人に近づく能力ってすごいと、Oさんに驚いていた私だけど、振り返ってみると、自分も同じだった。

数年前宮津《みやづ》に来たばかりのころの私は、新しい土地にも学校にも一人暮らしにも慣れなくて、何歳も年上の先輩の先生の家に入り浸《いびた》っていたものだ。そのときには、その先輩にも同じように驚かれた。「こんなにすんなり家に入ってこれる人を初めて見た」って。そして、先輩には何かお返しをしようとするたびに、「いつか後輩ができたら、返してあげたらいいのよ」って断られてきた。

Oさんはとても気持ちのかわいらしい人だ。私が持っていないものをたくさん持っている。今は新しいOさんに影響されることのほうが多いけど、そのうち、ちょっとずつ、今まで先輩の先生にお世話になった分を、Oさんに返していけたらなって思う。

海の男

「海の男」っていう言葉はよく耳にするけど、実際に海の男に出会う機会はそうそうない。私の勤務先は魚屋でも海の沖合いでもないごく普通の中学校だし、つい最近まで私はどこも海に面していない奈良県で暮らしていた。だから、海の男など見たこともなかった。

しかし、「海の男」というのは、本当にいるのである。日本海のすぐそばにある宮津市の中学校で働きはじめた私は、海の男に出会った。と言っても、漁師でも船乗りでもない。事務職員のS先生だ。

S先生は、海に面した家に住んでおられ、舟も持っておられた。私が宮津に来たばかりの年の夏休み、その先生に釣りに連れて行ってもらった。

その日は台風が来る前日で、波も高く舟はゆらゆら揺《ゆ》れまくった。こんなに揺れて落ちないのだろうかと不安に思いながらも、初めて舟に乗った私は、海というものはそういうものだと思い、ただ耐《た》えていた。泳げない私は、船酔《よ》いする暇《ひま》もなく、とにかく死にませんようにと祈りながら釣りをした。

ところが、翌日S先生は、

「いやあ、瀬尾さんと約束してとったで、仕方なく舟出したけど、あんな波の日に沖に出たのは初めてやな」

と、豪快に言うのである。

「そうなんですか?」

と、驚く私に、

「だって、わしら以外に、他に舟、出とらんかったやろ?」

と笑っておられた。私も笑って見せたけど、内心「本当死ななくてよかった」とほっとして泣きかけた。

私に貴重な体験をさせてくれたS先生だけど、海に連れ出してくれたから、海の男だというわけではない。S先生は漁もされるし、魚もさばけるし、カラオケでは『兄弟船』を熱唱される。でも、私が、「海の男ってS先生みたいな人のことを言うんだ」と、思ったのは、そういう部分ではない。

事務職員の仕事は細《こま》かい作業が多い。私たち教員の給料の計算や、学校のあらゆる備品の管理。大雑把《おおざっぱ》で大まかな私には歯も立たないような仕事である。そんな仕事をS先生はさらりとこなす。それだけでない。

学校というのは、しょっちゅう物が壊《こわ》れる。机だろうと、トイレだろうとS先生はそれをさっさと直してしまえる。そのうえ、S先生はそばも打てるし、水墨画だって描《か》ける。文学にも美術品にも詳《くわ》しい。書道は国語科の私の何倍もうまく書けるし、笛も吹ける。

だいたいのことは難なくできる。芸術的なことや文化的なこととなると、職員室の誰より秀《ひい》でている。S先生は、ものすごく繊細で器用な人のはずだ。教養も深く、勉強家なはずだ。でも、そんな風には、まるっきり見えないのだ。そんな雰囲気がどこにも漂《ただよ》っていないのだ。ただただ、豪傑。それが、S先生だ。

S先生は嫌いな人がいないという。得な性格で、人のいいところばかり見えてしまうから、すぐに相手を好きになってしまうらしい。人に限らず、食べ物の好き嫌いもなく、何を食べてもおいしい、とおっしゃっていた。

「海の男」は、海と一緒だ。海はいろんな姿を持っている。そして、深くて広い。S先生がまさに「海の男」に見えるのは、豪快でだだっ広いなかに、繊細さや深さを持っているからだ。

私はただ大まかなだけで、細かいことはまるっきりできない。「海の男」にはなれないし、細やかさを手に入れるのはちょっと無理だけど、大まかさに、海のような広さや豪快さを身につけたい。

犬猿の仲

数年前、私はH中学校に講師として赴任《ふにん》することになった。

そのときの転任者は私と教頭先生の二人だけ。同期に入ったということで、一緒に何かをする機会が多かったのだけど、私と教頭先生はまったく合わなかった。

教頭先生はとても几帳面《きちょうめん》できちんとした人で、私は恐ろしく大雑把である。そのせいか、「物は真《ま》っ直《す》ぐに置け」とか、「引き出しはきちんとしめろ」とか、ことごとく教頭先生には注意をされた。とにかく、私のことがいちいち頭にくるようで、教頭先生はいつも怒ってばかりおられた。

初めのころは、私自身慣れないことも多く、注意をされても仕方がないだろうと思っていた。でも、何年経ってもそれが変わらないのである。それどころか、エスカレートしてきているように思えた。

性格が合わないにしても、どう考えても、私ばかりが怒られている。私は、すっかり参《まい》ってしまった。

私はそれなりに順応性があるので、そんなに人とぶつかり合うことはなかった。声高《こわだか》に自己主張するのも苦手だし、無駄ないさかいは避《さ》けたいほうなので、それなりに人付き合いはこなしてきたはずだ。それなのに、教頭先生とはまったくうまくいかなかった。心底私が嫌いなのか、前世からの因縁《いんねん》でもあるのか、教頭先生は私を目の敵《かたき》にしてるとしか思えなかった。

「それは期待されてる証拠だって。あの先生は見捨てたら、逆に何も言わなくなるよ」

と、慰《なぐさ》めてくれる先生もいたけど、そんなポジティブには考えられなかった。根性なしの私は、

「ああ、どうせなら、早く見捨ててくれないものかなあ」

と、願っていた。

そんな私と教頭先生との付き合いは年を重ね、四年目に突入した。いつの間にかその中学校で四年目になる古い先生は、私と教頭先生だけになっていた。

四年目、私は二年生の担任になり、慌《あわただ》しい毎日が待っていた。ばたばたと働きつつも、楽しいと思えるようになってきた。四年目にして仕事の流れのようなものが見えてきたからかもしれない。今までの、生徒と一緒にいられるから楽しいというものだけでなく、仕事をやり遂《と》げていくことの楽しさがわかりはじめてきた。

同時に、教頭先生ともしっくりいきはじめてきた。教頭先生が、いろいろサポートしてくれるようになって来たのだ。不思議なことに、うまいぐあいに手助けをしてくれるのだ。そして、何より、何かをやる上で、「教頭先生に認められている」という気持ちが、ものすごく大きな自信になった。

あるとき、教頭先生は、

「瀬尾《せお》さんを理解するのに、四年かかったなあ」

と、しみじみおっしゃった。

その言葉を聞いて、昔の私を思い出した。今の私は、適当にその場をつくろうこともできるようになったし、愛想《あいそう》もそこそこいいほうだ。でも、以前の私は人見知りが激しく、他人と打《と》ち解けるのにとても時間がかかった。社会に出てからも、わざわざ親しくもない人と一緒に何かするくらいなら、一人でいたいというつまらない人間だった。でも、それではとても損をするし、ますます居心地《いごこち》が悪くなることがわかり、とりあえず、にこにこするようになった。愛想はいいほうがいいのだ。その結果、前の何倍も人とうまく接せられるようになった。

教頭先生には、私の本当の部分を見てもらえたんじゃないかなと思う。だから、打ち解けるのにすごく時間がかかったのだ。本当のところで打ち解けると、よいパートナーになれると思う。四年目、教頭先生と一緒に仕事をするのはとても楽しかった。

そして、三月、教頭先生と共に、私は転出することになった。結局、一緒に入って一緒に出て行くことになったのだ。

新しい学校には、教頭先生のような口うるさい人はいない。でも、教頭先生は違う学校でも、几帳面にきっちりバリバリ仕事をしているはずだ。その姿を思い浮かべながら、私もがんばっている。

T先生

私が初めて尊敬する先生に出会ったのは、大学三回生のときだ。もちろん、中学生のときや高校生のときにも、お世話になった先生もいたし、好きな先生もいた。だけど、あんな風な先生になりたいという先生に出会ったのは、大学に入ってからだ。

大学に入ってすぐに、私は授業のつまらなさに驚いた。先生たちは自分の研究していることについて勝手に述べているだけで、興味が合わなければ、聞いているほうはさっぱりおもしろくない。たまにおしゃべりが上手《じょうず》で、生徒と仲のよい若手の先生もいたけど、それはそれでちゃらちゃらしていて、どうも好きになれなかった。

そんな中でも、特に気に入らなかったのは、いい加減な授業が多いことだった。中学校や高校では、チャイムが鳴るまでに生徒に席に着けと指導したりする。ところが、大学の授業では、先生はごく当たり前のように遅れてやってくる。それも二分や三分ではない。堂々と十分近く遅れて教室にやってくるのだ。みんなは気楽にしゃべって先生がやってくるのを待っていたけど、私は待たされるたびにいらいらした。当時かなり熱く教師を目指していた私は、なんだこの教授たちはと、失望を感じていた。

そんな大学三回生のとき、教員を目指していた私は教職課程の講座を多く履修《りしゅう》するようになっていた。その中に「教育心理学」の授業があった。担当はT先生という幼児教育学科の男の先生だった。私は国文学科に所属していたので、幼児教育学科の先生を見かけることはめったにない。いったいどんな先生だろうと、わくわくしていた。

初日、T先生は授業開始前に教室に来ていた。別に生徒と雑談するわけじゃなく、机の上に並べた資料にせっせと目を通していた。まじめそうな先生だな。一回目の授業で、そう思った。

二回目、三回目、毎回先生は授業開始前に教室にいた。教育心理学の授業は一時間目にあり、遅れてやってくる生徒も多い。それなのに、先生は必ず授業開始前に教室に来て、一人で黙々と資料をチェックしていた。こんな先生を見たのは、大学では初めてのことだ。

さらに、驚くのは、先生が毎回準備されている資料の多さだ。倹約家なのか、T先生はちらしの裏にいろいろと書き込んでいるようで、毎回山ほどのちらしを持って、授業にやってくる。その莫大《ばくだい》な資料のお陰《かげ》で、授業はすごくおもしろかった。他の教授みたいに、しゃべりが達者だとか、生徒と仲がよいってわけではなかったけど、ひとつのテーマに対して先生が流す知識の量はあまりにも多く、聞いていて飽きなかった。こんなことも、あんなこともあるんだ。知らなかったことを知るのは単純におもしろい。私は毎回どきどきしながら、先生の話を聞いていた。

そして、その年の末、先生に年賀状を書いた。私はまめではないので、親しくない人に年賀状を書くことはめったにない。だけど、T先生に、「私もがんばって、いい先生になりたいです」という意志を書いた年賀状を送った。

T先生がお返しにくださった年賀状には、新年の挨拶《あいさつ》と、

「あっそうだ！　楽しくやれば楽しいんだ！」

という言葉が書かれていた。

T先生はとてもまじめな人だ。だからしっかり教材研究を行ない、早く教室に来て、きちんと授業を行なっている。私はずっとそう思っていた。だけど、その根底には、「楽しくやれば楽しいんだ」という思いがあったのだ。だから、T先生の授業にはまじめさや堅苦《かたくる》しさだけでなく、楽しさがあったのだ。

学校で働くようになった今、私はとにかく教室には早く行くように心がけている。中学生と一緒にいるのはおもしろい。心がけなくたって早く教室に行きたくなるものだ。だけど、やっぱり、気の重いこともある。そんなときには、「楽しくや

れば楽しいんだ！」ってつぶやいてみる。

楽しくやるためには、やらなければいけないことがたくさんある。さまざまな努力をされていたT先生のことを思い出し、もっともっと楽しくやるために、もっともっとがんばらなくっちゃなって思う。

保護者

　私は宮津にやってきて、とても小さな学校で初めて担任を持った。たった八人の生徒の担任。生徒はものすごくかわいかった。何より小学校のときから同じクラスだという八人はお互いに理解しあい、とても仲がよかった。だから、大変なことがあってもきっと大丈夫。そう思えた。だけど、担任を持つに当たって、どうにも不安だったことがある。それは「保護者」の存在だ。

　その年まで、私は担任を持ったことがなかった。だから、保護者の姿というものをあんまり間近に感じたことはなかった。他の先生たちが保護者と揉《も》めているのを、子どもと接するより保護者と接するのは大変なんだなあ、とのん気に見ていた。

ところが、担任となってしまったということは、保護者との関係もぐっと近くなる。当時私は二十代半ばで、担任を持つのも初めてなら、この土地のことも学校のことも知らなかった。きっと保護者の方々は、「頼りない人が担任になった」と思っているに違いないと思ったし、うまくやっていけるのか、文句を言われないだろうかと、びくびくしていた。

そんな不安がぬぐえないまま、七月になり、「親子行事」というわけのわからない行事がやってきた。

このあたりの中学校では「親子行事」というものがある。これは、生徒と保護者と担任とが一緒にレクリエーションをして交流を深めるというものだ。親を避けたがる思春期のはずなのに、なぜか生徒たちはこの行事が楽しみらしく、「バレーボール、野球、バーベキュー」と計画を立て、うきうきとしていた。

私は気が重かった。保護者とレクリエーションなんてとんでもない。しかも、バーベキューなんて、喉《のど》を通るわけもない。一刻も早く終わってほしい。そう祈っていた。その反面、担任として絶対成功させなくてはいけない、保護者の方々に楽しんでもらわないといけないと、必要以上に意気込《いきご》んで親子行事に臨《のぞ》んだ。

だけど、実際親子行事が始まると、そんな意気込みも、緊張もあっけなく解けてしまった。

保護者の方は最初から自分たちで楽しんでくれた。野球、バレーボール。どれも、子どもたちと一緒に本気で取り組んでくださった。その勢いに巻き込まれて、いつの間にか私も楽しんでいた。

レクリエーションの後のバーベキューでは、保護者の方はお酒も飲まれて、とても盛り上がっていた。八時になり、九時になってもお開きにならない。生徒たちは散々食べ、遊び疲れ、眠くもなって帰りたそうにしていたけど、保護者の皆さんはそんなことお構いなく、翌日仕事があるというのに、ご機嫌に酔ってしゃべって楽しんでいた。こんなに盛り上がるバーベキューは、大学の仲間たちとでもしたことなかった。最後にはお父さん方によって花火まで持ち出され、運動場で打ち上げ花火までした。大人も子どももみんな大はしゃぎの親子行事だった。

親子行事が終わった後、私はどっと疲れていた。気を遣《つか》ったからではない。散々遊んで散々食べたからだ。

私が最初に担任を持ったクラスは、子どもたちもさることながら、保護者の皆さんもすばらしかった。何より、八人の保護者の方々の仲のよさには感心した。少人数のクラスと言っても、こんなに仲のよい保護者たちはめったにない。保護者だって、生徒と同じように個性があるし、考え方も違う。大人だから、子どもよりもっと複雑だったりするはずだ。だけど、八人の保護者の方々は、みんな子どもと一緒に楽しもうという気持ちが強くて、元気で陽気で仲がよかった。

子どもは親の姿を見て育つっていうけど、本当にそうだ。親同士がこんな風にお互いに一緒にいられるから、生徒たちもお互い尊重していられるのだ。その後、生徒たちは高校生になり、みんなばらばらになったけど、今でも連絡を取ったり、集まったりしているらしい。

この保護者の皆さんのお陰で、私の保護者に対する苦手意識は一掃《いっそう》された。もっと気楽に接しても大丈夫。保護者の方とうまくやろうとなんてしなくていい。子どもたちのためにがんばれば、それでいいんだ。そう思えるようになった。

ガブリエル松

机の中を整理していたら、ルーズリーフに描かれた一枚の漫画が出てきた。お弁当をとられた男の子が、空腹のあまりにパニックを起こし死んでしまうという、とてつもなくくだらないギャグ漫画だ。それなのに、きちんとクリアシートに入れて、丁寧《ていねい》に保存されている。こんなに大切に物を扱《あつか》うのは、大雑把な私にしては、とても珍しいことだ。

八年ほど前、三重県の農業高校で非常勤講師をしていた。当時、奈良に住んでいた私は、片道三時間近く電車に揺られ、その高校まで通勤していた。

ある秋の気持ちのよい日、帰りの電車の中に男の子四人が乗っていた。関東の方から来たみたいで、きゃっきゃと標準語でしゃべっている。

聞こえてくる会話からして高校生だ。試合の遠征だろうか、修学旅行だろうか。

やっぱり高校生は、明るくて健《すこ》やかでいいなあと、ぼんやり眺めていると、

「写真を撮《と》ってください」

と、その中の一人に頼まれた。

別に窓からすばらしい風景が見えているわけではないし、電車自体もごく普通の快速急行だ。だけど、高校生っていうのはそんなものだ。すぐに写真を撮りたがる。私は快《こころよ》くシャッターを押してやった。

すると、その中の一人が、

「ありがとうございます。そうだ、お礼に詩か漫画か、プレゼントします」

と、でかいリュックを開けて、中を探りはじめた。

「最近書いた詩が、あるはずなんだけどなあ」

男の子はでかいバインダーを出してきて、せっせとなにやら探している。

「最近書いた詩って？」

「こいつ詩人なんです。すごいでしょう」

「詩とか漫画とか、いろいろ作ってるんすよ」

私が驚いていると、他の男の子たちが説明してくれた。

「詩は見当たらないので、代わりに漫画をあげます。これもそこそこいい出来だから」

男の子は一枚のルーズリーフを私に差し出した。

ルーズリーフにはそれなりにうまい絵が描かれていて、端《はし》にはガブリエル松というペンネームまで書いてあった。

「遠慮しないで。家にもたくさん作品があるから」

男の子は戸惑っている私に、そう笑った。

こんなこと、他のときに他の人にされたら、ちょっと気持ち悪い。私は決してフレンドリーではないので、見ず知らずの人に自作の詩なんて押し付けられたら、絶対逃げてしまう。

でも、なぜかそのときは素直にその漫画が嬉しかった。私はぼーっとして見えるせいで、写真を撮るよう頼まれたり、道を聞かれたりすることは多い。でも、こんな風にお礼の気持ちを示されたのは初めてだった。

「あ、じゃあ、これお返しに」

私は袋の中からさつまいもを一つ取り出して、彼に渡した。農業高校でもらった、掘りたてのさつまいもだ。

「うわ、まじで。ありがとうございます。俺、さつまいも、かなり好きなんですよね」

彼はそう言って、さつまいもを嬉しそうに手に取ると、そのままかぶりついた。私も周りの男の子もぎょっとした。さつまいもは生だし、土もついたままなのだ。

「生はきついけど、おいしい気がする」

と、男の子は驚いている私たちに笑った。

ものすごく不思議な男の子だ。だけど、そうやって率直に嬉しさを表わせる彼が、うらやましかった。

プレゼントはやっぱり嬉しい。今まで心底嬉しくなるものも、いくつかもらった。だけど、感謝の気持ちを伝えようとしても、言えば言うほどわざとらしく響いてしまう気がして躊躇《ちゅうちょ》してしまう。ものすごく嬉しいのに、上手に示せなくてがっくりすることが多い。だから、男の子を見て、ああ、こんな風に伝えればいいんだ。そう、思った。

私は、さつまいもを生のままかじるほど野性的ではないし、自作の詩を押し付けるほど勇敢でもない。でも、その代わり、自分の中にある少ない繊細さをフル活用して、彼にもらった漫画をくちゃくちゃにならないように、クリアシートに入れて、保管してある。

パートのおばちゃん

私はアルバイトが大好きだ。あんな仕事もしたい、こんな仕事もしたい、とあれこれ憧《あこが》れてしまう。学生のころから、さまざまなアルバイトをしてきた。化粧品会社の工場、カルチャーセンターの受付、家庭教師に塾講師。そんな中でも、もっとも長く続いたのが、ケーキ屋でのアルバイトだ。

大学に入学してすぐに、私は家の近所のスーパーのケーキ屋でアルバイトを始めた。働いているのは、私を含めて四人。私と同じ年の短大生の女の子と、母親ぐらいの年齢のパートのおばさんが二人。工場で作られ、搬入されたケーキを売るだけの簡単なアルバイトだった。

ケーキ屋でのアルバイトは、憧《あこが》れでもあったし、最初は楽しかった。接客は好きだし、残ったケーキをもらえることも嬉しかった。だけど、すぐに仕事が退屈になってしまった。

だいたいケーキはそんなにたくさん売れるものではない。二時間、三時間、一人も客が来ないなんてことはざらだ。それに、小さな店なので、平日やイベントのない日は一人でアルバイトに入る。誰とも会話できないまま時間をつぶさなくてはいけないことが、しょっちゅうだった。

狭い店内で、ケーキだけに囲まれてぼーっと立っているのは、とんでもなく苦痛だ。私は活動的な人間ではないけど、根気がない。ひとつの場所で、じっとしているということができない。だから、だんだんアルバイトが面倒になっていった。

それなのに、そこでのアルバイトを四年間も続けられたのは、働いていたおばさん二人のお陰である。

店長という立場を任《まか》されているけれど、そんな偉そうな雰囲気はまったく持っていない、おおらかで優しいIさん。地域のバドミントンチームの講師までしている、とても元気なNさん。そんな二人のおばさんを含め、私たちバイトのメンバーは、本当に仲がよかった。クリスマスやひな祭りなんかで四人一緒に店に入れるときは、みんな嬉々《きき》としていた。普通、先輩と一緒に店に入るのは気を遣うものだ。それなのに、私もバイトの女の子も、みんなで仕事に入れる日をいつも楽しみにしていた。

それに、私たちは自分のバイトの日じゃなくても、店を覗《のぞ》きに来た。ケーキの売れ行きが気にかかるわけではない。そのとき店にいる誰かに会うためだ。

スーパーには他の店舗もあって、それぞれにパートのおばさんとバイトの学生がいた。だけど、うちの店舗のメンバーの仲のよさはずば抜けていて、うらやましがられた。

アルバイトを始めて二年目の成人式の日。私は二十歳《はたち》だったけど、式には参加しなかった。引っ越してきたばかりで知り合いもいなかったし、成人式なんていわれてもぴんと来なかった。だから、成人式の日はバイトに入って、せっせとケーキを売っていた。イベントのある日は、ケーキが売れる。もう一人のバイトの子は成人式に行って休みだったので、おばさんたちと三人でご機嫌《きげん》に働いていた。

客足もひと段落した夕方。バイトの女の子がやってきた。遊びに来たわけではないらしく、まだ着物を着たままで、慌しそうに店に入ってきた。「今日、店に寄るようにって、言われてたから」と、女の子は言う。

なんなんだろうね。そう首をかしげる私たちの前に、花を抱えたおばさんたちがやってきた。かわいいかごにつめられたアレンジフラワーだ。

「アルバイトの子が成人式を迎えるときは、毎年こうやって、二人でお祝いしているの」

おばさんたちはそう言って、私たちに花をプレゼントしてくれた。

まさかおばさんたちがこんなことをしてくれるだなんて思ってもみなかった私は驚いた。成人式に参加しなかった私には、おばさんたちからの花のプレゼントは唯一、「成人を迎えた」と示してくれる貴重なものとなった。そして、何より、今までアルバイトの子たちがこうやって、この店で成人式を迎えていたんだなと思うと、ちょっと感動した。

おばさんたちとは、いつも一緒に店に入って働いていたわけではなかった。だけど、こういう気持ちのおばさんたちがいる店だからこそ、居心地がよく、四年間続けられた。その場にその人がいなくても、優しい気持ちはちゃんと空間を作っていくんだと思う。

長期休暇

二十六歳のときの一年間、私は学校での講師の仕事をせずに、一年間自由に過ごしていた。

それまで四年間、いろんな学校で講師をして、それなりに楽しく過ごしていたはずなのに、突然疲れてしまった。何より、不安になってしまっていた。人に物を教えるのって、こんなのでいいのだろうかとか、ちゃんと学校で働けているのだろうかとか……。不安になりだすと止まらない。そして、しばらく学校での仕事から離れてみようと思い立ったのだ。

講師だったから、委員会に登録さえしなければ、仕事が入ってこない。好きなだけ離れていられる。しばらくは気楽に好きなことをして過ごしてみよう。そう思った。

自由な毎日が始まり、まず、私は運転免許を取ることにした。ずっと車は運転したいと思いながら、教習所にも通わずじまいだったのだ。

教習所は楽しい場所だった。どんくさい私は教官にぶちぶち怒られることが多かったけど、それでも生徒って楽ちんだわって思いながら、ご機嫌に通っていた。

もう実習も終わりかけたある日、Sさんという女の子と高速実習でペアになり、親しくなった。

よくよく話を聞いてみると、彼女は私と同じ年で、ずっと幼稚園で働いていたという。しかも、先生の仕事に疑問を抱いて幼稚園を辞め、この四月から遊んで暮らすことにしたと言うではないか。こんなにもぴたりと自分と当てはまる人と、こんなにもタイミングよく出会うなんて、お互いにすっかり驚いてしまった。

それから、Sさんと私は一緒に遊ぶようになった。

手始めに私たちはバリ島に旅行に出かけた。格安のツアーで行ったので、面食らうこともあったけど、地元の人たちは半端《はんぱ》じゃなく陽気で、とにかく楽しく開放的な日々だった。

でも、夜になるたび、私たちはどんよりとした。いつまでこんな風に過ごせるのかなあ。やっぱり、働かないとね。だけど、学校には戻りたくないね。なんか、あんな中に入っていくのは怖いよね。じゃあ私たちって何ができるかな、と深刻な話になった。

旅行の次はテニスだ。私たちは、そろって、テニススクールに通いはじめた。別にどちらもスポーツが得意なわけではない。やっぱり単なるイメージだ。二人とも、学校関係で働いていて、同じ年代の同僚もいなくて、遊びっていうものをしたことがなかった。だから、若い女の子って、みんなどんなことするのかなあ。そうだ、テニスだっていう安易な考えで始めたのだ。

私たちはせっせと遊んだ。買い物をしたり、テニスをしたり、おいしいものを食べに行ったり。でも、遊び慣れていないせいか、二人ともすぐに飽きてしまった。

そして、遊ぶことに飽きてきた私たちは、二人してデパートの中元時のアルバイトを始めた。

デパートでのアルバイトは幼稚園や中学校にはない楽しさがあった。働いている人はみんなきれいだし、優しい。短期のアルバイトの気楽さもあって、仕事も快適だった。学校で働いているときのような妙な緊張感も、プレッシャーもない。中学校みたいに、朝から「死ね」だの「しばく」だの言われることもない。平和な日々だ。「ああ、大人相手の仕事って幸せだねえ」と、ほくほくしながら、私たちは毎日を過ごした。

でも、なんだか物足りなかった。気楽に遊んで過ごしているくせに、居心地が悪かった。


結局、「もう学校では働けないね」と話していた私たちは、今、二人そろって元の生活に戻っている。私は中学校で働き、彼女は幼稚園で働いている。

あの一年は、私にとって、かなり特別な一年だった。あのとき、もし私一人だったら、教習所通いを終え一ヵ月ほどぶらりとしたら、不完全燃焼のまま学校での仕事に戻っていたはずだ。

同じような日々を過ごせる、同じような思いを持った友人と出会えたことは、あの一年の一番の収穫だったと思う。

トモダチ

友人とバリ島に旅行に行ったときだ。

計画性なく出発した私たちは、ホテルと飛行機のことしか考えておらず、観光に関しては何の準備もしていなかった。ゆっくり過ごすのが一番だと思っていたのだけど、ホテルでガイドブックを見ていると、素敵な場所がいくつもある。これはぜひ行ってみたいと思った。

ホテルのフロントで聞いてみると、そういうところへ連れて行ってくれるオプショナルツアーがあるという。ところが、それらは思いのほか高い。もっと安くて簡単に行ける方法はないかな、と考えていると、地元の人に声を掛けられた。

彼は、片言の日本語と英語で、「自分はタクシー会社の社長の息子で、車もあるからあちこち連れて行ってあげるよ」みたいなことを言ってきた。日本だったら絶対、そんな話に乗らないし、だいいち男の人に声を掛けられることもめったにない。だけど、陽気なバリの雰囲気にすっかり開放的になっていた私たちは、その話にあっけなく乗ってしまった。なんと、タイミングのいい話だろうと感動し、車に乗り込んだ。

その人はとても陽気な人で、自分で作ったという歌を繰り返し歌いながらも、私たちをあちこちに案内してくれた。うっそうと茂る森の中にも、民族の踊りが見られるようなところにも、連れて行ってくれた。彼のお陰で、たっぷり観光することができた。

そして、夕方近く、彼は、

「夕日がすばらしいところがあるから、ぜひ一緒に行きましょう」

と言い出した。

バリには夕日がとても美しい海岸があるということは、ガイドブックにも載《の》っていた。それはぜひ行きたいと、私たちも賛成した。

ところが、夕日を見に行く途中で、彼の友人が突如車に乗り込んできた。彼と同じような若い男の人だ。そのとき、初めて私たちは危機感を持ちはじめた。

どうして男二人で行くのだろう。それに、ガイドブックでは、夕日が美しいのは海岸だとあったのに、車はどんどん山に登っていく。人気《ひとけ》のない、山奥へと突き進んでいく。前の席の男たちはバリの言葉で会話をしていて、私たちは、

「やばいかもしれないね」

「どこかに売り飛ばされたりして……」

と、すっかりびびりはじめた。

しかも、ガイドブックの後ろについている「旅の注意」というコーナーを見ると、バリでナンパされ、ひどい目に遭ったという実例が載っているではないか。私たちは、「車を飛び降りて逃げようか」などと、本気で声を潜《ひそ》めて相談していた。

それからしばらく車は走り続け、私たちはじっと祈るような気持ちで車に揺られていた。

そして、ついに車は山頂へと到着した。

「ほら、おいで」

と、彼らは先に車を降りた。彼らについていくと、山の頂上には小さな寺院があり、そこから夕日がきらきらと輝いているのがすぐ間近に見えた。山の真下は海で、そこに向かって夕日が落ちていく。目の前全部が夕日で照らされている。

さっきまで、もうだめかもしれないと思っていた私たちは、そんなことはけろりと忘れ、ただ日の沈んでいく様子を感嘆の声を上げ眺めていた。


夕日を堪能《たんのう》して無事にホテルまで送ってもらった私たちが、タクシー代を払おうとすると、彼は、

「友達にはお金をもらえない」

と断ってきた。

もちろん、「そんなわけにはいかない」と適当なお金を支払ったけど、彼はずっと「トモダチね」という言葉を連発していた。

もちろん、そんなの商売上のうまい言葉なのかもしれない。今回は無事だったけど、もしかしたらひどい目に遭っていたかもしれない。でも、こんなにたやすく、すとんと見ず知らずの人と近づいてしまえたのは、ちょっと新鮮だった。

初めてのお仕事

私が一番最初に「社会」というものを知ったのは、化粧品会社の工場でだった。

高校三年生の春休み、私は待ちに待ったアルバイトができるとうきうきしながら、アルバイト情報誌で仕事を探した。私にでもできそうな仕事はあるだろうかと探していたら、

「アットホームで楽しい職場です。簡単なベルトコンベアーでの作業なので、誰にでもすぐにできます！　未経験者大歓迎。私たちが親切に教えます」

という化粧品会社の工場の広告を見つけた。広告の隅《すみ》には優しそうなお姉さんたちが笑っている絵も描かれている。

これなら不器用な私でも大丈夫そうだ。働いている人はみんな優しそうだし、楽しそうな職場だ。高校生だった私は、うたい文句をそっくりそのまま信用し、さっそく、面接に出向いた。面接は簡単に合格。翌日から働くことになった。

ところが、実際の仕事はとても恐ろしいものだった。

働いているのは確かにほとんど女性だったけど、ごついおばさんや茶髪のお姉さんばかりで、広告の絵のお姉さんとは程遠《ほどとお》かった。仕事内容は、袋に詰めたりシールを貼《は》ったりと、ベルトコンベアーで流れてくる商品にちょっと手を加える単純なものだけど、ベルトコンベアーのスピードは速く、初めての私はなかなか追いつけなかった。みんなが親切に教えてくれるはずなのに、誰も話しかけてくれすらしない。アットホームな職場のはずなのに、みんな知らん顔で黙々とそれぞれの作業にかかっていた。

そんな中、私は何度も商品をやり過ごし、手を加えられないままベルトコンベアーに流してしまっていた。ベルトコンベアーの先のほうでは恰幅《かっぷく》のいいおばさんたちがいて、

「ちょっと、ちゃんと流れてこないじゃんよ！」

と、大声で怒っている。

「マジむかつくんだけど」

と、怒鳴っているお姉さんたちもいる。

まだ高校生で小心者だった私は、小声で「すみません」と言うのが、精一杯だった。

震《ふる》え上がりそうになりながら、なんとか午前の仕事を終え、ようやく待ちに待った昼食の時間。ぐたぐたになって食堂に向かうと、部長のようなおじさんに、

「みんなが席に着くまで待ちなさい」

と、止められた。

おじさんが言うには、おばさんたちにはテリトリーがあり、そこに座ると揉《も》め事が起きる。全員が席に着いてから、空《あ》いているところに座れというのだ。

今なら、そういう社会の暗黙のルールみたいなものはなんとなくわかるし、適当にこなせる。しかし、弱冠十七歳だった私は、それがものすごく恐ろしく不条理な

ことに思えた。自由に席に座ることすらできない。いったいなんなんだこの職場は、とおばさんたちにおののいた。自分の親と変わらないようなただのおばさんたちが、やくざか何かのようにすら思えてしまった。結局、私は隅のほうでぼそぼそと食事をしたが、喉を通らなかった。

昼休憩を終え、午後の部の仕事が始まった。また、散々おばさんたちに文句を言われるんだろうなあ、と思いつつ、自分の席に着き、せっせと作業をした。

しかし、文句は出ない。どんくさい私の作業の能力は、午前とほとんど変わっていない。昼食で満腹になりおばさんたちが優しくなったのだろうかと、不思議に思いながら顔を上げてみると、私の分担場所で一人のおばさんが、私の仕事をしてくれているではないか。自分の仕事を片付けながら、さっさと私のところにも回り、作業をこなしているのだ。おばさんは何も言わない。ごく普通のことのように、とろい私の仕事をカバーしてくれている。

私はじーんと感動してしまった。辛《つら》かったからなおさら、このおばさんに胸を打たれた。世の中は厳しい。仕事は辛い。でも、ああ、世の中には親切な人もいるのだ、としみじみした。

結局、根性なしの私はこのバイトは二日で辞めてしまった。おばさんたちの脅威には慣れたけど、ベルトコンベアーでの作業には慣れることができなかった。

社会に出て教職につき、仕事はもっともっと大変なものだと知った。でも、自分の好きなことだからと乗り切れてしまう部分が多い。好きでもないベルトコンベアーでの作業。あれこそ、まさに「厳しい現実」だったなと今でも思う。そして、あの黙って助けてくれたおばさんこそ大人の社会の人だと思う。

ゴージャス敏子《とし こ》おばさん

当たり前だけど、お母さんにも何人か友達がいる。その中でも私が一番好きなのが、敏子《とし こ》おばさんだ。

敏子おばさんは、私が小学生のときに、お母さんが働きはじめた職場で知り合った人だ。

友達というのはどことなく雰囲気が似ている。これまでのお母さんの友達は、お母さんと同じく、みんなどっちかというとおとなしい、ごく普通の「おばさん」だった。でも、敏子おばさんは、そんな人たちとはまるで違った。

敏子おばさんはゴージャスなパーマを当て、しっかり化粧をし、派手な洋服を着ていた。声は低くてハスキーで、背丈《せたけ》も大きかった。色っぽくて、大胆で、美人で、大人で……。まだ子どもだった私は、初めて敏子おばさんを見たとき、「これこそが大人の女の人なんだ」と、思った。

敏子おばさんは一目会ったときから、私のことを呼び捨てで「麻衣子」と呼んだ。自分の娘のことは「ちゃん」付けで呼んでいるのに、なぜか私のことを偉そうに「麻衣子」と呼ぶ。なんとも失礼な人なのだ。でも、私はそれが嬉しかった。そういう敏子おばさんのダイナミックさが好きだった。当時の私は、なれなれしい人は嫌いで、「まいちゃん」と呼ばれるだけでぞっとしたものだったけど、敏子おばさんにそう呼ばれるのは、ＯＫだった。

敏子おばさんは派手な外見や行動とは違って、料理がとても上手だった。何度か煮物を作ってもらったことがあるけど、おいしくて感動した。きっと、味自体は母親が作るのとたいして変わらないのだろうけど、豪快な敏子おばさんが作った繊細な料理ということが、なおさらおいしく感じさせた。ギャップというものが人の心を捉《とら》えるのだということを、敏子おばさんによって知った気がする。

敏子おばさんともすっかり仲よくなった中学校の入学式のときだ。入学式には母は仕事で行けないと言っていた。母は学校行事には来ないことのほうが多かったので、別になんとも思っていなかったし、そのほうが気楽でよかった。

ところが、入学式の日、式場の保護者席から「おお、麻衣子〜」と言う野太い声が聞こえるではないか。よく見ると、派手に決め込んだおばさんが手を振っている。そう、敏子おばさんだ。

敏子おばさんもお母さんと同じ職場で働いている。つまり、その日は勤務だったはずだ。しかし、せっかくの入学式だと聞いて、仕事の合間にやってきてくれたと言うのだ。

私が入学した中学校は仏教系の学校で、入学式にも仏像が出てきたり、ろうそくを持った上級生が出てきたりと、変わった趣向が凝《こ》らされていた。敏子おばさんは新入生の私たちよりも、ずっと興奮してその様子を眺めていた。

友達の子どもの入学式にばっちり決めてやってきて、思いっきり参加してしまう敏子おばさんの懐《ふところ》の大きさを、私はますます大好きになってしまった。

その後、何度か敏子おばさんはお母さんの代わりに学校に来てくれた。

参観日の日に、廊下のほうを見ると、派手なおばさんが手を振っている。よく見ると、敏子おばさんだった。ということが何度かあった。地味な私とはまるで違う華《はな》やかなおばさんの登場に友達は驚き、

「あの人は、母親じゃなくて、お母さんの職場の友達なのよ」

と、説明するのが常だった。


「女の人」っていろいろあって、「女らしさ」の出し方もいろいろある。細《こま》やかさもいいと思うけど、大胆で豪快に「女らしさ」をあふれ出していた敏子おばさんはすごいと思う。あんなに「女らしい」人にはいまだに出会っていない。

お母さんも退職してしまい、ここ何年も敏子おばさんにも会っていない。どんな風に年をとられているのか、ぜひ見てみたい。

さよならミニカ

　先日、四年間乗った車をついに手放すことになった。

　四年前の四月、私は突然、宮津の中学校で働くことになった。講師の仕事は、いつどこへ行くかわからない。それまで奈良の実家で生活していた私は、急遽《きゅうきょ》宮津に引っ越さなくてはならなくなった。しかも、学校には車がないと通勤ができないと言われ、一日でアパートを決め、車を購入しなくてはいけないことになった。

　宮津に引っ越してくる前日、車購入のために校長先生に中古の自動車店に連れて行ってもらった。田舎の小さな車屋のせいか、その店には真っ赤なパジェロと、緑のミニカの二台しか売られていなかった。

免許は一応取っていたものの、それまで車を運転したことがなかった。まさか大きいパジェロに乗る自信もなく、ミニカを購入した。ミニカにはあちこち傷もあったし、塗装もはげていた。だけど、たいして車に興味もなかったし、明日から車が要《い》るという事態だったので、とりあえずミニカに乗ることとなった。

しかし、中古車だけあってミニカが機嫌よく走っていたのは、最初の一年くらいで後はどんどん調子を狂わせていった。何度もパンクをし、いざ出発というときにエンジンが止まった。突然トランクが閉まらなくなって、ガムテープで無理やりくっつけて走ったり、エアコンがかからなくて汗だくで乗ったりなんてこともしょっちゅうだった。とにかく手のかかる車だった。

だけど、そんなポンコツのミニカのお陰でいいこともあった。タイヤがパンクをしたときには、校長先生にタイヤの交換の仕方を丁寧に教えてもらった。授業でばたばたしている間に、他の先生がタイヤ交換をしてくださっていたときもあった。エンジンが止まったときには、わざわざ迎えにきてくださる先生がいた。ドアが閉まらなくなったときには、いろんな先生が何とか直そうと挑戦してくれた。ミニカが故障するたびに、周りの人に力を貸してもらった。

　ミニカのお陰でいろんな人に助けてもらうということを知ったような気がする。こんなやっかいな車を持っていない限り、これほどたくさんの人の世話になることもそうそうなかったはずだ。手のかかるミニカを通して、自分の周りには親切な人がうじゃうじゃいるんだとわかった。

　それに、すでにボロボロのミニカだから、自由に運転できた。多少ぶつけてへこましても平気だから、運転が楽で仕方なかった。車なんて移動の道具だから動けばいいのだ。そう思ってご機嫌に運転していた。

　そんなミニカが、どうにも調子が悪くなってしまった。ずっと、ガタガタ嫌な音が鳴っているのである。そのうち収まるだろうと思っていたらひどくなるばかりで、渋々車屋に持っていくと、ついにもう寿命だと言われてしまった。

「危ないし、もう乗らないほうがいい」と言われ、やむをえず新しい車を購入する決心をし、次の日からさっそく車屋を巡《めぐ》りはじめた。

　ところが、車屋に行く道中、こげくさい匂《にお》いがするのだ。田畑が多い町なので、草でも燃やしているんだろうなあと、のん気に走っていたら、どんどん匂いがきつくなる。鍋《なべ》をこがしてしまったような匂いだ。火事にならないといいけどと周りを見回してみると、なぜか、道を歩いている人たちがこちらを怪訝《けげん》な顔で見ている。その視線を追ってみると、私の車のボンネットから煙が立ちのぼっていた。くさいはずである。えらいことだと思うのと同時に、車がパタンと止まってしまった。お陰で最後の最後にJAF《ジャフ》（日本自動車連盟）にきてもらい、家まで車を運んでもらわないといけない羽目《はめ》になった。

結局、新しい車はすぐに代車を出してくれる店で購入しなくてはいけなくなり、選択肢はミニカを購入したときと同じように少なくなった。新車は確かにきれいだ。でも、ミニカみたいにぶつけていいわけじゃないから、思いっきり乗れない。煙を吐《は》いて動けなくなるまで乗り切ったミニカはやっぱりいとおしい。半分つぶれながらも乗り切ったミニカは、十分愛車なんじゃないかなって思う。

音速の貴公子

たまにはロマンチックに、初恋の相手のことでも書こうと、思い立ってみたのだけど、さっぱり思い浮かばない。まさか、私は初恋をしないまま三十歳を過ぎてしまったのだろうかと、あせればあせるほどうまく思い出せない。

初恋といえば、やっぱり、幼稚園や小学校のころのことのはずだ。たまにテレビで、初恋の人ご対面みたいなコーナーがあって、幼稚園のときの同級生が出てきたりしている。そう思って、幼稚園時代のことを必死で思い出そうとしたのだけど、記憶がない。第一、幼稚園のときのクラスメートなんて一人として思い出せない。

担任の先生が紺屋《こんや》っていう苗字《みようじ》で、こんにゃく先生と子どもたちに呼ばれてきれまくってたこととか、虫歯チェックのために歯磨《はみが》きの後、磨き残していたら歯が赤くなる薬品を口に入れたとたん、気持ち悪くて吐いてしまったこととか。どうでもいい断片的な記憶はあるけど、二十年以上前のことなんて、頭に残っていない。

じゃあ、小学校のときだ。幼稚園のときよりは、記憶もしっかりしている。ほかの女子と一緒に、

「~君って、かっこいいよね」

「~君が一番好き」

「私も~君がいい」

と、盛り上がっていた覚えがある。そう、男子の噂ばかりしていた。だけど、肝心な「~君」の「~」の部分が思い出せない。顔も出てこない。つまり、その程度だったのだ。

その後、悲惨なことに私は女子中学校、女子高校、女子大学に進んでしまう。周りがそろいもそろって、女ばかり。しかも、女子校にはかっこいい先生はいない。

初恋などするきっかけがなかった。

大人になって男の人と付き合ったりするけど、それはもっと現実的で初恋なんていう素敵なものとはちょっと違う気がする。考えてみたら、私は誰かに憧れたり、思いを寄せたりということがなかった。私の目の前には素敵な人が現われないんだなあと、嘆《なげ》いていたら、思い出した。私にも憧れの人がいた。自動車教習所の先生だ。


私が教習所に通っていたのは、二十六歳のときだから、初恋というとずいぶん遅い気がするけど、それしか覚えていないから、とりあえず初めて恋をした相手ということになる。

とにかく穏《おだ》やかで、優しくて、さわやかな人だった。

教科講習のときに、

「僕はこう見えて、昔は走り屋でね、音速の貴公子と呼ばれていたのですよ。今はもっぱら安全運転ですけど」

という話をされていたことから、私は陰で彼のことを「音速の貴公子」と名づけていた。大人のくせに小学生みたいな坊ちゃん刈《が》りをしていて、それがまた素敵だった。

毎日、教習所の帰りには、友達とその先生のことばかり話していた。

「あんなに格好いい人がいて、いいのだろうか」

「まさに理想のタイプだ」

と、熱く語り合っていた。

そして、教習所に行くたびに、その先生が担当にならないかなと祈っていた。その先生が運転実習で担当になったことは一度しかなかったけど、ものすごく嬉しくて、どきどきして、運転の下手さが倍増してしまった。思い出したら、教習所での日々がどんどん出てくる。その先生のお陰で、わくわくすることが多かった。やっぱり、誰かに憧れている期間は楽しいものだ。

ところが、その先生の名前を思い出そうとしても、出てこない。顔もうすぼんやりと浮かぶだけだ。あんなに毎日、かっこいいと騒いでいたくせに、その程度なのだ。人生が長くなるほど、出会う人もどんどん増える。出会った人全部覚えていくのは、とうてい無理だ。でも、私のそのときの毎日を楽しくしてくれている人は、確実にいる。

言葉

以前働いていた中学校で、特別支援教育という分掌《ぶんしょう》を担当していた。その分掌には、障害について理解を深めるための学習を企画するという仕事もあった。ある年、聴覚障害について学習することになり、聴覚に障害を持たれているAさんという男の方に学校に来てもらって講話をしていただくことになった。私がその学習に向けて進めていかなくてはいけないのだけど、実はすっかりびびっていた。

それまで、これといって障害者の方と交流をしたことがなかった。交流会に参加したことや学習したことはあっても、実際にどんな風にコミュニケーションをとっていいかわからなかった。心の壁を取り除かなくちゃいけない、個性だと尊重しなくちゃいけないなど、障害者の方に対する知識や情報はあちこちにあふれていて、それが余計に私を緊張させた。

そんな中、講話内容について打ち合わせをするため、Aさんに会いに行くことになった。

少しは手話ができないとだめだろうと、その日の前に本を読んで簡単な手話を練習した。だけど、即席手話は完璧《かんぺき》にはとんでもなく遠い。こんな手話を使っていいのだろうか。いい加減な手話を使うなんて失礼になるのではないだろうか。と、また悩んでしまった。

ところが、実際にAさんに会ってみると、そんな不安はまるで必要なかった。

Aさんが所属しているセンターに行くと、Aさんはすぐに私の手を引っ張って、中まで連れて行ってくれた。そして、自分が今している仕事について説明してくれた。

「ここで木でマスコットを作ってるんです」

「かわいいですね」

「でしょう。このマスコットは手話で『アイ・ラブ・ユー』って言ってる形なんだよ」

「へえ。そうなんですか」

「あなたにもひとつあげる」

「本当ですか？　ありがとうございます」

そうやって話していると、通訳の方が来られて、打ち合わせをすることになった。私はそのとき初めて、「あれ？」と首をかしげた。私とAさんは通訳の方が来られる間、いったいどうやって話していたのだろう。

最初の「こんにちは」は、覚えたての手話を使ったけど、その後、手話はひとつもしていない。Aさんは低い声を発してはおられたけど、言葉にはなっていなかった。でも、私たちは紙も鉛筆も使わず会話をした。そして、ちゃんと成り立っていた。身振りなのか手振りなのかわからない。けれど、簡単なことは簡単に伝わるのだ。

Aさんはとてもおしゃべりな方で、打ち合わせの間中、通訳の方に、「それは関係ないから」と突っ込まれながらも、いろんな話をしてくださった。伝えたいことや話したいことがあふれている。気持ちが先走って言葉を超《こ》えていた。

思った以上に大変なこともあるし、思ったとおりにいかないことも多い。でも、たいていのことは本当はすごく簡単なのだ。やる前に考えていても仕方ない。知識や情報はあまり当てにならない。自分で触《ふ》れてみないと、何も知れないということを、Aさんは私に教えてくれた。

講話当日、Aさんはいろんな話をしてくださり、生徒のつたない手話による質問にも、丁寧に答えてくださった。得ることの多い時間だった。無事に講話も終わり、帰られるAさんに私は、「今日はありがとうございました」と手話をした。すると、Aさんは、「あなたの手話はほとんど反対だよ」と笑われた。

手話は向きや動かす方向が決まっている。それが違うと、意味が通じないらしい。本で慌《あわ》てて覚えた私の手話は、細かい部分は間違っている上に、向きが反対のものが多かったのだ。Aさんが普通に話してくださっていたので、そんなこと気づきもしなかった。

言葉を使いまくっている私の何倍も、Aさんは寛大に言葉を受け入れてくれる。細かい言葉尻でぎゃあぎゃあ言ってるのがばからしくなる。

「言葉なんていらない」なんてことをよく言うけど、それがどういうものかAさんと接してなんとなくわかった気がする。伝えたい気持ち、受け入れる気持ち。そんなものの前では言葉なんてただの後付《あとづけ》でしかない。

親友

親友だと言い切れる友達がいることは、私が幸福なことのひとつだ。

高校を出て、大学を出て、社会に出て、知り合いはどんどん増えていくけど、友達は着々と減っているような気がする。もちろん、同じ職場に仲がよい人ができて、一緒に遊びに行ったり、話し込んだりすることはあるけど、職場が変わったら、それで終わりになってしまう。会うことも、話すこともなくなる。そういう人たちとの日々も楽しいし大事だけど、そういう人たちを友達と言ってしまうのはちょっと違う気がする。そう考えると、誰が友達で、誰が知り合いかわからない。そんな中、安心してずばり親友だと言える人がいることは、ラッキーだと思う。

私は人付き合いが悪い。外面《そとづら》はいいので、へらへらしているけど、一人が好きだし、何より出無精《でぶしょう》で面倒くさがりなのだ。気合いを入れないと、メールの返事すらままならない。それに、学校で働いていると、朝から晩まで中学生とみっちり人付き合いをしている。それだけで、もうお腹がいっぱいになってしまう。

類は友を呼ぶので、仲のよい友達は私と似ていて、無精な子が多い。何年かぶりに、唐突に電話がかかってきて、盛り上がって一緒に遊びに行ったりしても、その後、何年も連絡を取らなかったりする。だから、私はめったに遊びに行くことも、友人と電話で長話をしたりすることも、メールのやりとりをすることもない。

それでも、私はこれ以上友達がほしいとは思わないし、寂しくなったりもしない。今のままで十分だと思う。そんなのん気でいられるのは、Kさんがいるからだ。

Kさんは学生のときの友達だ。

Kさんは大雑把でがさつな私とは違い、いつも誰かに気を遣っていて、繊細で優しい人だった。その性格のせいで、しょっちゅう身体をこわしていた。Kさんは小さなことでよく悩んでいて、私は悩み事を聞くたびに、内心、「やれやれ」と思っていた。おおまかな私には、「そんなこと、どうでもいいのになあ」と思うことのほうが多かったのだ。

ところが、二十歳のとき、私にちょっと悲惨な出来事が起こった。楽天的でのん気な私のはずなのに、なかなか乗り切れなかった。だけど、改まって考えてみると、そんな深刻な気持ちを相談できる人がそのときの私にはいなかった。本当の悩みを打ち明けるという作業など、こっぱずかしくてしたことがなかったのだ。あっさり付き合っている友人に、悩み事を相談するのはちょっと難しい。

そんなとき、私の支えとなってくれたのがKさんだった。いつも悩み事を吐いているKさんにならなぜかすんなり自分の弱い部分を出せた。弱い部分を出した後に、またけろりとのん気な自分に戻ることもできた。なんて弱い人だろうと、思っていたKさんに私はすっかり頼っていた。

社会に出た後も、Kさんとの付き合いは大事に続いている。相変わらず、Kさんはよく悩み、よく苦しんでいる。そんな姿を見ながら、同時に自分の弱い部分を見せながら、年月を重ねた今、Kさんはとんでもなく大切な友達となってしまった。相手が見せてくれた分だけ、自分の心も掘り下げられる。Kさんになら、なんでも話せるようになっていた。

もし、Kさんがいなかったら、私はもっと人付き合いを必死でしなくてはいけない。一人が好きだけど、やっぱり一人じゃ不安だし、寂しいからだ。そして、まめじゃない自分の性格にムチを打って、いろんな人と交流を持とうとがんばらなくてはいけない。

それは絶対大変なことだ。

いざってときにはKさんに話せばいい。Kさんのためなら、だいたいのことはできる。そういう人がいることが、私をすごく安心させてくれる。

新商品報告会

　私には五歳年の離れた妹がいる。これがものすごくかわいい。だから、あちこちで「うちの妹はめちゃくちゃかわいいんだよね」と言いふらし、自慢げに写真を見せたりしている。しかし、写真を見た人は、みんな私とそっくりじゃないかとがっかりする。中学生にいたっては正直さゆえ、「え⁉　この子のどこがかわいいの？」と驚いたりする。妹自身も「勝手にかわいいとか変なこと言わんといて」と激怒している。どうやら、妹のことをかわいいと思っているのは私だけで、実際はたいしたことはないようだ。

　きょうだいはどこでもそうみたいだけど、私と妹は全然性格が違う。私は大雑把でがさつだけど、妹は女らしくて優しい。妹のほうがおしゃれだし、聞き分けもよいし、何かと器用だ。そのせいで、周りの人々から「あなたのところは、妹のほうがよっぽどお姉さんだね」と言われてきた。しかし、これは私の責任ではない。

小さいころ、私は泣き虫で弱虫で人見知りも激しかった。その反面、妹のほうはやんちゃで暴れん坊だった。気の弱かった私は、まだ小さい妹にお菓子を取られたり、泣かされたりすることもしょっちゅうだった。それなのに、親は私たち姉妹の潜在能力を早々と見抜いていたのか、とんでもなくとんちんかんだったのか、私を「本当に強い子だね」と称し、妹を「穏やかで優しい子だ」と言って育ててきた。おそろいのものをあてがわれるときも、妹がピンクで私がブルーだった。その結果、現在の私たちとなったのだ。私だって、「かわいい、かわいい」と言われて育てられていたら、もっと女らしかったはずだ。

私たち姉妹はすこぶる仲がいい。私が実家にいたときには、よくしゃべりよく遊んでいた。性格は違っても、波長や趣味は合うのであちこちに二人で遊びに行った。別々に暮らしている今でも、毎日のようにメールを交換している。

といっても、重要なことをメールで話しているわけではない。一日の感想を述べ合っているわけでもない。私たちのメールの内容の九十九パーセントはお菓子の話だ。

私たち姉妹は昔からお菓子が大好きで、新商品が出るたびに、一緒に購入しては食べていた。おいしいと感激し、まずいと激怒し、次々にお菓子に挑戦していった。ところが、私が実家を出て一人暮らしを始めたため、一緒に食べることが不可能となった。姉妹で半分ずつ食べていたからこそ、たくさんのお菓子を食べることができた。一人で食べていては新商品を食べきることはできない。そんなことしていたら、とんでもなく太ってしまう。なのに、新商品はお構いなしにどんどん発売される。そこで、役に立つのがメールなのだ。

「〜はおいしい。お姉ちゃんの好きそうな味だ。食べてみて」

とか、

「〜は甘くてしつこい。わざわざ食べる必要はない」

とか、自分が食べたお菓子の味をメールで報告しあっているのだ。

こうすると妹が食べた分は、食べなくても味がわかる。離れていても、ともに新商品を攻略していけるというわけだ。

しかし、姉妹ゆえに好みが似ている。同じ日に同じお菓子を購入して、食べることも多い。「〜はおいしかったよ」とメールしたら、「え〜。私も今それ食べてるところやわ」なんて返ってくることもたびたびある。

冬場は新しいチョコレート菓子がたくさん発売されるので、私たち姉妹は忙しくなる。お菓子会社から依頼されているわけでもないのに、私たちはせっせとお菓子を食べ、その味を報告しあっている。新しいお菓子をスーパーで見つけると、早く食べて妹に報告しなくてはいけないという使命感に駆《か》られる。太るのがいやだなあって思う気持ちよりも、食べて妹に教えないといけないと思う気持ちのほうが強い。まったくしょうもないことだと思うけど、姉妹なんてそんなものだ。くだらないことを普通にしてしまえる。そういう気楽さがいい。

人生においてラッキーだなって思うことは、いくつかある。私はそんなに強運の持ち主ではなさそうだけど、妹がいることはすごくラッキーなことのひとつだと思う。

ミーハーおばあちゃん

私は高校生のころから、母方のおばあちゃんと一緒に暮らしていた。離れて暮らしていたときは、お正月やお盆に会う程度で、あまり気がつかなかったのだけど、実際一緒に住んでみると、おばあちゃんは半端ではない心配性だった。

朝から晩まで、私や妹や母親の動きを気にかけていた。「もう起きなくていいのか」「もっと食べなくていいのか」などと、自分で何もできない小さな子どもを相手にするみたいに、私たちに気を揉んだ。中でも、おばあちゃんが一番うるさかったのは、帰宅時間だ。

高校生の私を相手に、少し帰りが遅くなるだけで、ぎゃあぎゃあ騒いでいた。私はいたってまじめな高校生だったので、学校が終わればまっすぐ家に帰っていたのだけど、電車とバスを使って通学をしていたから、乗り遅れたりして遅くなることもあった。だいたい毎日同じ時間に帰るほうが難しい。しかし、それがおばあちゃんには気がかりだったらしく、いつもと違う時間に帰るだけで、形相《ぎょうそう》を変えていた。そして、少しでも私を早く帰らせようと、

「早く帰ってきたら、チョコレートをあげる」

というわけのわからない交換条件を掲《かか》げていた。確かに、私は甘い物が大好きだ。しかし、チョコレートで私の帰宅時間が早まることはなく、おばあちゃんの作戦は失敗に終わっていた。

もちろん、おばあちゃんが心配しているのは、私だけでなかった。かなりいい大人の母親に対しても同じように接していて、当時の我が家の揉め事といえば、おばあちゃんの心配性に端《たん》を発したものがほとんどだった。

私が働きはじめても、おばあちゃんの心配性は全開で、私が実家を出て一人暮ら

しを始めてからも、実家に帰るたび、

「まあ、なんてげっそりして！　ちゃんと食べているの？　かわいそうに」

と、ちっとも痩《や》せていない私相手に一人で嘆いていた。

そんなおばあちゃんだったのだけど、昨年その心配性がぱたりと治った。私や母親が「心配しないでくれ」と必死で説得しても治らなかったおばあちゃんの心配性を治してくれたのは、ヨン様だ。


昨年のお盆、私が実家に帰ったというのに、おばあちゃんは自分の部屋にこもっていた。今までだったら、帰ってきたとたん私の後ろを付いて回り、「痩せてしまってかわいそうに」とつぶやいていたのに、「ああ、麻衣ちゃんお帰り」と、素っ気なく言っただけで、さっさと自分の部屋に戻ってしまった。

いったいどうしたのだと母親に訊いてみると、ヨン様が出ているドラマをビデオに録《と》りだめて、部屋でずっと見ているというのだ。いつもは私の近況に興味津々《しんしん》だったおばあちゃんは、そんなことには見向きもせず、ヨン様に夢中だというのである。「ヨン様って、あのヨン様？」と私は驚いた。我が家のメンバーはみんなぼんやりしていて、いまいち世間の流行に乗れていない。それなのに、一番年をとったおばあちゃんが、ヨン様に必死になっているとは、何だか先を行かれている気がした。

お正月に実家に帰ったときも、おばあちゃんのヨン様ブームは続いていた。部屋には、ヨン様のカレンダーまであった。ヨン様のビデオを繰り返し見たおばあちゃんは、彼がどれだけすばらしい人なのかを熱心に私に語ってくれた。ヨン様のことはいまいち知らないけど、これだけお年寄りにパワーを与えるとは、やっぱりすごい人なのだなあと感心する。

ヨン様をきっかけに、おばあちゃんは少し若返ったような気がする。いまやパワーアップしたおばあちゃんは、ビデオだけでなくパソコンまで使いこなしている。おばあちゃんは昔よりずっと新しい物に触れているのだ。

おばあちゃんは、

「決してミーハーなわけではなく、ヨン様の人柄に惹《ひ》かれているだけだ」

と、必死でどうでもいい弁明をしているけど、ミーハーで大いに結構だと思う。
これからも、どんどんミーハーになって、どんどん若返ってほしい。

ロバート

ロバートというのは、私のいとこのKくんのあだ名だ。Kくんはハーフでもクオーターでもない。母のすぐ下の弟の息子で、私と同じ年の日本人だ。

どうしてKくんにこんなハイカラなあだ名がついたかというと、ずばりイタリア人みたいに彫《ほ》りの深い顔をしているからである。だいたいうちの家系は、みんなとぼけたぼんやりした顔立ちをしているのだけど、Kくんだけは誰にも似ずに、男前で整った顔をしている。

ロバートは小さいころから、勉強も運動もよくできた。はきはきしゃべり、他人にかわいがられる。そんな子どもだった。大人になるにしたがって、ロバートはおしゃれになり、さらに器用になった。

実は私は、少し前までロバートが苦手だった。小さいときからロバートはよく拗《す》ねる子どもだった。鬼ごっこで鬼になったとき、ボードゲームで負けたとき、ロバートはすぐにふてくされた。

大きくなり、鬼ごっこもトランプもしなくなり、ロバートもふてくされることもなくなった。それなのに、ロバートには気を遣った。無愛想《ぶあいそう》なわけでも、かんしゃく持ちなわけでもない。それなのに、なぜか周りが気を遣う。ロバートはそんな人だった。

私たちは関西に住み、ロバート一家は愛知県に住んでいる。離れているにもかかわらず、ロバートは大きくなっても家によく遊びに来てくれた。でも、ロバートが来るときには、「おいしいものを用意しなくては」「きれいに布団を干しておかなくては」と、家族みんながばたばたすることが多かった。

私は、周りに気を遣わせるロバートのことを、少し面倒くさいと思っていた。器用でおしゃれで男前かもしれない。でも疲れる。もちろん、大好きないとこだけど、ずっと一緒にいる時間があると、「うわ、どうしよう」と思ったりもした。

そんなある冬の日のことだった。

妹の大学入試目前のある日、ロバートが一人で家にやってきた。何の約束も取り付けず、突然電車で夜遅くやってきた。ロバートは車では我が家に来たことがあるけど、電車で一人で来ることはなかった。だから、なかなかたどり着けず、迷子になった挙句《あげく》、電話をしてきた。最寄り駅でぽつんと座っているのを、母が迎えに行ったのだ。

たいした用事があるわけではなかった。ロバートは、ビタミン薬とユンケルを持ってきただけだ。受験前の妹が風邪を引かないようにと、届けにきてくれたのだ。

「かっこつけのロバートらしいね」

と、みんな笑っていたけど、私はなんだか不器用で笑えた。

もちろん、ロバートは器用だ。料理もできるし、歌もうまいし、ギターも弾《ひ》ける。カクテルなんてものも作れたりもする。でも、すごく不器用だと思う。かっこつけだったら、夜中に迷子になったりなんかしない。

単純にストレートに行動できない。いろんなことができるのに、なんだか妙に遠まわしにしてしまう。それが格好つけているように見えてしまうけど、そうじゃない。

ロバートは見た目とは逆で、すごい純粋で不器用な人だ。

私が小学校六年のとき、水泳のテストで二十五メートル泳がなくてはいけないことがあった。だけど、私は天才的に泳げない。そんなとき、夏休みを使って、泳ぎを一生懸命教えてくれたのも、ロバートだった。

ロバートは昔からとても優しかった。私たちがロバートに気を遣ってしまうのは、ロバートが男前だからでも、神経質だからでもない。ロバートがいっぱい心を配ってくれるからだ。優しすぎるからなのだ。こっちが気を遣ってしまうくらい優しい親戚《しんせき》がいることを、今はちょっと誇りに思う。

たぬき

私にはいとこが四人いる。特に仲がよいのが、お母さんのすぐ下の弟の息子二人だ。私と同じ年の「ロバート」。そして、その兄で、私より三つ年上のH兄ちゃんだ。

ロバートというあだ名を持つKくんの兄であるわけだから、H兄ちゃんも、レオナルドとかミケランジェロとかしゃれたあだ名がついてもよさそうなものだけど、H兄ちゃんのあだ名は、ずばり「たぬき」だ。

かわいそうだけど、たぬきにそっくりなのだからどうしようもない。まん丸な顔、ひょうきんな姿。どう見ても、レオナルドでもなければ、マイケルですらない。たぬき以外のあだ名は思いつかない。

たぬきの兄ちゃんは、繊細で器用な弟、ロバートとはまるっきり違って、のん気で楽天的だ。どうして同じ兄弟なのにこうも違うのかと、疑問に思うくらい見た目も内面も違う。

たぬきの兄ちゃんはいつも寝ているか、食べている。親戚の集まりにもあんまり顔を出さない。たまに私たちが遊びに行っても、ずっと部屋で眠りこけていて、帰るころにやっと出てくるという感じだ。たぬきの兄ちゃんにはこだわりもない。食べることが好きなくせに、それすらもいい加減で、朝から団子を食べたり、何本も同じアイスキャンデーを立て続けに食べたりしている。

おしゃれなロバートとは違い、洋服にも無頓着《むとんちゃく》だ。ださいから止《や》めてくれと言うのに、おなかが冷えるからとシャツをパンツの中にきっちり入れているし、いったいどこで売っているのかと不思議になるような妙な柄《がら》のセーターを着たりしている。

長男と長女。ということで、昔から私は、迷惑にも「たぬきと麻衣子はよく似ている」と、母やたぬきのお父さんに言われてきた。確かに私も大まかで大雑把で、たいていのことはどうでもいいと思っている。だけど、無頓着のレベルがたぬきとは違う。

私も破れたセーターぐらいなら平気で着られる。だけど、朝から団子は食べられないし、人が家に遊びに来てるのにひたすら眠るなんて芸当もない。だから、「似てるなあ」とたぬきのお父さんに言われるたびに、「私はもっとちゃんとしてます」と内心腹を立てていた。

でも、私はたぬきの兄ちゃんが大好きだ。もちろん、私だけでなく、みんなたぬきの兄ちゃんが好きである。

半端にのん気にされるといらいらするけど、ここまでのん気で無頓着でいられると、一緒にいるだけでリラックスできる。たぬきの兄ちゃんが遊びに来たって、誰も何も気を遣わない。二、三日前に作っておいたおかずぐらいなら平気で出せるし、自分がさっきまで使っていた布団でも勧められる。親戚とはいえ、みんなをこれだけ無頓着にできるのはたぬきの才能だと思う。

そんなたぬきの兄ちゃんが、半年ほど前に結婚をした。かわいい奥さんで、二人とも幸せそうで、嬉しくなった。

後で聞いた話だけど、結婚式の前、たぬきの兄ちゃんが、

「これからは俺や麻衣子たちの世代で、この家を支えていかなくてはいけない」

なんて話を、私の母親にしていたらしい。

食べては寝てばかりいるたぬきの兄ちゃんが、そんなことを考えていたことに、ちょっとびっくりした。

私は「自分たちの世代」とか、「家を支えていく」なんてことを考えたこともなかった。でも、そうだ。私やたぬきの親もいずれ年老いていく。どういう方法になるかはわからないけど、私やたぬきが家を継《つ》いでいくことになるのだ。

のん気な中に強い意志がちゃんとある。みんなのことをちゃんと考えている。だからこそ、たぬきの兄ちゃんの無頓着さに私たちは安心していられるのだと思う。

結婚もそうだけど、たぬきの兄ちゃんは私たちの中で一番早く社会に出た。どんな仕事だって苦労が多いはずだ。そんな中、「まったく、あいつはのん気だよね」

って笑われているたぬきの兄ちゃんは格好いいと思う。私も「麻衣子は苦労してるんだなあ」って言われるより、やっぱり「麻衣子はたぬきと一緒で相変わらずのん気だな」と、言われていたい。

進化する母親

小説で家族のことを書くことが多いせいか、

「お母さんってどんな人ですか?」

と、訊かれることがたまにある。だけど、そのたびに私は首をひねってしまう。自分の母親がどんな人なのかが、よくわからないのだ。

といっても、私の母親は複雑な性格の持ち主でも、理解不能な風変わりな人でもない。我が家の家系は、みんないたって単純でのん気で、それは母親にもばっちり当てはまる。

母親をどう言い表わしていいのかわからないのは、母が常に変わっているからだと思う。幼少のときの母、小学校のときの母、中学校のとき、大人になってから……。いずれのときの母親もまるで違っている。もちろん、私自身が成長しているというのもあるけど、それだけじゃない。母親自身が確実に変化しているのだ。

私が幼少のときの母は、まるで絵に描《か》いたような母親だった。

毎日手の込んだ料理を作り、私や妹にお手製の洋服を着せ、寝る前には絵本を読み聞かせてくれた。庭にはプチトマトやきゅうりが植《う》わっていたし、日曜日にはケーキやクッキーを焼いてくれた。かばんにしても筆入れにしても、私の持ち物のほとんどは母親の手作りで、遠足のときのお弁当も人一倍かわいらしかったから、周りの人にも、手先が器用でまめな母親に映っていたと思う。

私はピアノと習字を習い、毎日決まった時間に食事を食べ、早くに眠りにつかされた。飴《あめ》やチョコレートなど既製の菓子は買い与えてくれなかったから、子どものころの私の夢は、「早く大人になって、チュッパチャプスというものを食べてみたい」ということだった。とにかく、きちんとしていて、厳しい母親だった。

でも、これは小学校三年生のときまでの話だ。その後、我が家の経済状況が変化し、母は働きに出なくてはいけなくなった。その当時、母が外で仕事をするなんて、誰も想像できなかった。母親は、洋裁や料理は上手だったけど、「お母さん」そのもので、外でバリバリ働くタイプではなかったからだ。

ところが、みんなの心配をよそに、働きはじめてすぐに、母はすっかりキャリアウーマンになってしまった。

今まで必要以上に出席していた私の学校の行事にも見向きもしなくなり、夕飯にはインスタントの食品が登場するようになった。そのうち、母親は夜遅くまで働くようになり、夕飯はお金をもらって、私と妹で食べることが多くなった。不自由になったけど、自由にもなった。私たちは、夜遅い時間のテレビも見られたし、今まで禁止されていたような着色料たっぷりのお菓子も食べることができ、嬉しいことも増えた。母親は、空いている時間はすべて仕事に使っていた。だからこそ、私も妹も大学に行くことができたのだ。

現在、退職した母は、ゆっくり過ごしている。

でも、昔みたいに洋裁をしたり、手の込んだ料理をしたりすることはない。ネットオークションをしてみたり、ゴルフや太極拳を習ったりして暮らしている。もちろん、洋裁が上手だったりはするから洋服を直したりくらいはするけど、昔に戻ったりはしない。

今では、母自身、お菓子が大好きで、体に悪そうなものでも平気で食べる。私や妹よりずっと下世話な食べ物が好きだ。夜更《ふ》かしだってするし、寝坊だってする。

どれが本当の母親なのか難しいし、どの母親が理想なのかもわからない。とにかく母親というのは、やっぱり強いのだ。

私は小さいころからずっと早く子どもがほしいと思っていた。今でも子育てをしたくて仕方がない。そう思える精神があるってことは、きっと、私自身愛情をたっぷり受けて育ってきた証拠だと思う。

ホストファミリー

大学三回生のとき、カナダで一カ月間ホームステイをした。

ホームステイをしたいというのは、大学に入ったころからの強い夢で、そのためにせっせとアルバイトもしていた。英語が話せるわけでも、外国に興味があったわけでもなく、よその家族の中で生活ができるというホームステイのシステムに憧れていたのだ。

大学に入って三年が経《た》ち、バイト代も溜《た》まり、いよいよホームステイを決行することとなった。ホームステイするにあたり、「どんな家族でのステイを希望しますか」というアンケートがあった。子どもが大好きな私は、そのアンケートに嬉々として、「子どもがたくさんいる家庭に行きたいです！」と書いた。ところが、これがとんでもない悲劇を生むことになった。

私がお世話になるのは、ルースさんという一家だった。穏やかそうなお父さんとたくましそうなお母さん、そして、七歳の男の子、五歳の女の子、三歳の男の子という家族。子どもたちは本当に天使のようにかわいく、念願どおり、子どもがたくさんいる家でステイができて、私は大喜びだった。

初日から子どもたちのテンションはすごかった。私のためにとあてがわれた部屋で、夜遅くまで英語の話せない私相手にきゃっきゃと大暴れしていた。日本人が珍しいんだな。慣れたら落ち着くだろう。そう思いつつ、ホストファミリーでの生活が始まった。

しかし、何日経っても子どもたちのテンションは衰《おとろ》えることはなかった。子どもたちは朝早くからご機嫌に私の部屋に突入し、暴れまわる。子どもたちの相手をしながら、慌てて準備をして学校に向かう。学校から帰ると、子どもたちが待っている。お母さんは子どもたちを止めるどころか、私に子どもたちがなついていると思い喜んでいた。

確かに私は子どもが好きだ。しかし、三人の超ハイテンションな子ども相手に、毎日を過ごすのはきつすぎる。子どもは言葉など必要ないようだったけど、私は英語で騒ぎながら襲ってくる子どもたちに毎日ふらふらだった。

他の学生たちは、子どものいない家庭でのステイがほとんどで、丁寧に接してもらっているようだった。大学が休みの日には、他の子たちはホストファミリーにあちこちに観光に連れて行ってもらっていたけど、私はそんなことはなかった。休みの日は、私も家族の一員としてせっせと働いた。子守をしたり掃除をしたり、子守をしたり買い物をしたり、子守をしたり料理をしたりだ。私が連れて行ってもらえるのは、ホストマザーのおばあさんの家と買いだめのために行く大型スーパーだけだった。

みんなは、「それこそ、ホームステイの意味がある」と言った。「私なんかお客様扱いされてて、なかなか家族の一員になれないんだから」と私のことをうらやましがった。しかし、それは違う。家族でもない家で、一員として扱われるのはヘビーだ。私は本気で疲れていた。みんなはホームシックにかかっていたけど、私はホームシックにかかるひまもなく、毎日子どもに襲われていた。

そんなある日、ホストマザーが突然不機嫌になった。二日経っても、三日経っても、機嫌が直らない。いったいどうしたことだろうとひやひやした私は、和英辞書を引きながら、何があったのかホストマザーに訊いてみた。すると、彼女は「生理なのだ。後三日は機嫌が悪い。我慢してくれ」というではないか。

たった一カ月しかいない私にまで、必要以上にむき出しの家族だった。気兼ねなくオープンに接してもらえてありがたかったのかもしれない。でも、もうこりごりだ。

最後の夕飯の日。ホストファミリーみんなでお祈りをしてくれた。細かいことはわからなかったけど、私の幸せを祈ってくれているというようなことは伝わった。腕白《わんぱく》な子どもたちもしおらしく祈っていて、少し泣けた。

家族は一つで十分だ。でも、家族みたいに幸せを祈ってくれる人が家族以外にもいることは幸せだったのかもしれない。

ごんべえ

私は動物が大の苦手だ。

大きなものは象から、小さいものは金魚にいたるまで、どれもこれも受けつけない。熊や牛などの大きいものは怖いし、鳥や魚はいろんな色がついていることが不思議で気味が悪くなってしまう。動物のほうでも、私が気に入らないらしく攻撃をしてくる。犬には追いかけられるし、鳩には糞《ふん》をかけられるし、昔から動物とは折り合いが悪かった。

そんな私なのに、一度だけ猫を飼っていたことがある。小学生のころだ。

親戚のおばさんの家に猫がたくさん生まれた。そのおばさんの家は、不思議な家で、昔からいつも黒猫が一匹いた。いつも絶《た》やさず、黒猫が一匹いるのだ。もちろんペットショップで買ったわけではない。飼っていた黒猫が死んだり、出て行ったりしたら、その次の日には違う黒猫が迷い込んでくるのだ。とにかく黒猫に好かれる不思議な家だった。

その黒猫が何匹かの子猫を生んだ。おばさんは飼うのは一匹と決めているらしく、子猫たちを里子に出すことになった。その中の一匹を我が家がもらうことになったのだ。

当時から私は動物嫌いだった。だけど、子猫はどうしようもなくかわいかった。小さくて、頼りなくて、消えそうな声で鳴いていて。怖いと思いながらも、生まれたての猫に惹《ひ》かれてしまった。

私たちがもらうことになった一匹は、シャム猫だった。兄弟の猫たちはみんな真っ黒なのに、彼だけはシャム猫。黒猫から生まれたのに、シャム猫。耳と鼻と手足の先がこんがり濃い茶色で、後はけむったようなクリーム色をした猫だった。私たち家族は、その猫を「ごんべえ」と名づけた。

さっそく家に連れ帰った私たちは、毎日かわいいごんべえを眺めて過ごした。しかし、ごんべえがしおらしくてかわいかったのは、わずか数日のことだった。すぐに私たちの家に慣れたごんべえは、さっそく暴れまくった。妹も私も追いかけられてはひっかかれた。ごんべえは家中を走り回り、飛び回っていた。こんなに猫というのはテンションの高い動物なのかと、私は驚いた。親戚の家で見る猫はいつもおっとりとしていたのに、ごんべえは朝から晩まで動き回っていた。一緒にいる家族のほうがどっと疲れた。

大きくなるにつれて、ごんべえはさらにパワーアップした。行動範囲が広くなったごんべえは、隣の家に勝手に入り屋根に上ったり、近所の猫とけんかしたりした。何度、近所の家に引き取りに行ったことか。世話の焼ける猫だった。

ある日、私たち家族は、ごちゃごちゃした都会に引っ越しをした。もちろんごんべえも一緒だ。「都会に行ったら、遊ぶ所も少なくなるし、ごんべえもかわいそうだね」という私たちの心配をよそに、ごんべえは都会でも相変わらず元気に上手に遊び回った。都会だろうと田舎だろうとごんべえには関係ないらしい。朝から遊びに出かけ、おなかがすいたら帰ってくる。それがごんべえの毎日だった。

そんなある日のことだ。

出かけようと家の扉を開けてみると、扉の前に血だらけのごんべえが倒れていた。ぐったりしている。死んでいるのだ。

ごんべえの血は道路の向こうまで続いていた。どこかで車に轢《ひ》かれたごんべえは、傷ついた身体で家まで帰ってきたらしい。ただ、家の扉は重く、ごんべえの力では開けることができない。扉の前で力尽きてしまったのだ。

「猫は隠れて死ぬって言うのにね」と、母は不思議そうに言った。

ごんべえは自分が死んだことに気づいていなかったのだろうか。まだ大丈夫だと思っていたのだろうか。何か伝えたいことがあったのだろうか。怪我《けが》をしながらも、家に帰ってきたごんべえを思うと、悲しかった。私も妹も泣いていた。私たちが最初に出会った、身近なものの死だった。

ごんべえは、自由奔放で格好いい猫だった。死ぬときまで、いかしていた。最後までやんちゃで暴れまくっていたごんべえの生き方は好きだ。

ごんべえを飼って、動物にも性格があることを私は知った。もう二度と動物を飼う気はないけど、動物たちの性格がちょっとでもわかれば、もう少し動物のことも好きになれるかもしれないとは思う。

ストーカー

ちょっと前、少々荒れていた中学校で働いていた。それなりに楽しかったけど、毎日、騒然と慌《あわただ》しかった。

そんなある日、授業を終え職員室に戻ると、机の上に雑草が山盛り積まれていた。掘ってきたばかりなのか、泥もたくさんついている。いったいなんなのだろうと首をかしげていると、隣の席の先生に、

「やっぱり、若い先生はおもしろいね。そういうの授業に使うんやね」

と感心された。まさか私は雑草を教材に授業をしたことはない。

どうせいたずらな生徒がやったのだろうと、気楽に思って片付けた。そういうこ

とはしょっちゅうある環境だったのだ。

次の日、今度は私の机の上には雑草ではなく、押しピンがたくさん並べられていた。しかも、ちゃんとピンの部分が上になるように、置かれている。もちろん、押しピンを教材に授業をするつもりはない。

職員室にいた先生の話を聞くと、三年生のAさんがやったらしい。別にたいしてAさんと接触したこともなかった私は、まったくなんなんだろうと疑問に思いつつ、押しピンを片付けた。

その日の午後、保健室から「瀬尾のあほー」と声が聞こえてきた。Aさんの声だ。まあ、生徒にあほだの、ぼけだの言われるのは日常茶飯事だとほうっていると、声はだんだんでかくなる。

あまりに治まらないので、私はしぶしぶAさんの元に行った。Aさんは、私の顔を見るなり、

「瀬尾が私の好きな男子をとった」

と怒りはじめた。

中学生の想像力はすばらしく、Aさんの話によると、私とその男子生徒が今にも交際をスタートさせようとしているというのだが、その男子生徒がどの子なのかぴんと来なかったし、そんなこと、まったくもって「は?」である。

思い込みもいいもんだなあ、と思いつつ、それは誤解だよ。ありえないから安心して、と丁寧に説明をした。

しかし、Aさんが簡単に納得するわけもなく、その後も私はAさんの嫌がらせを受けた。でも、それが押しピンや雑草と同じく、子どもじみてて笑えた。

Aさんは、授業に行かずたびたび階段や廊下に居座って、でかい声で私を呼んだ。空き時間であれば、面倒だなあと思いつつも、私はAさんに付き合った。そうでもしないと、私の名前を連呼するからだ。

そのうち、校内にとどまらず、Aさんは朝から私を待ち構えるようになった。当時、私は電車通勤をしていたのだけど、学校の最寄り駅を降りると、いつも彼女が待っていた。

「おい、瀬尾〜」と改札を抜けると、声を掛けてくる。そして、コンビニやパン屋で昼ごはんを買う私の後ろで、「それはまずい」だの、「女なら弁当ぐらい作れ」だの、文句を言ってくるのだった。

毎日毎日その調子。それは、彼女が卒業するまで続いた。朝、駅に降り立って、Aさんに会う。そして、なんだかんだ言いながら、一緒に登校する。逆にAさんが待ち伏せしていないときは、何かあったのだろうかと、私のほうが心配になったりもした。

そして、卒業式の日、驚いたことに彼女は手作りのぬいぐるみを私にプレゼントしてくれた。

「お母さんに教えてもらって、一生懸命作ったんだ」

と、照れくさそうにピンクのぬいぐるみを袋にも入れずにそのまま渡してくれた。ねずみなのか、くまなのか、犬なのか、よくわからないぬいぐるみだったけど、とてもかわいくて、私は本当に嬉しかった。

はじまりやきっかけはめちゃくちゃであっても、いくつかの時間を一緒に過ごすと、何らかの気持ちが芽生《めば》えるんだなあって思う。毎日文句を言ってるうちに、一緒に登校しているうちに、気持ちが形を変えていったんだって思う。いつもいい方向に動くとは限らないけど、接した分、やっぱり何かは変わっていく。

生徒会

中高生だったころ、面倒くさがりだった私は、生徒会なんて入ったことはなかったし、学級委員にも、班長にすらなったこともなかった。いつも行事は早く終わりますように、と思っているタイプだった。数年前、そんな私が初めて生徒会を担当することになった。

生徒会のメンバーはほとんど三年生で、その年度の三年生はみんな仲がよく楽しいけれどけじめがないという課題のある学年だった。優しくておもしろいけど強さが足りない生徒が多く、彼らが学校を引っ張っていくのかと思うと少々不安に思ってしまう。そんな面々だった。ところが、彼らの活躍は本当にすばらしかった。

学校には大小さまざまな行事がある。中には生徒が嫌がる面倒くさいものもある。その筆頭が敬老会だ。

その年の敬老会は、生徒会役員で相談し、お年寄りの方々に歌をプレゼントすることにした。ところが、練習段階からまったくうまくいかなかった。だいたい歌を歌うことじたい、中学生は恥ずかしがる。学年ごとに歌うことになったのだけど、全校生徒三十名にも満たない学校だったので、十人弱の生徒がみんなの前で歌わなくてはいけない。そんなのうまくいくわけがない。それを自分たちの仲間の生徒会役員に仕切られてやらなくてはいけないのだ。ロパクで歌う生徒がほとんどで、文句も散々出ていた。歌の練習のたびに、

「どうしてこんなことしなくてはいけないのだ」

「敬老会なんて、やりたい人だけやればいいじゃないか」

そんな言葉が飛び交《か》っていた。

なかなかうまくいかない事態に、私も生徒会役員のみんなもあせり、苦悩してい

た。

毎日昼休みに生徒会室で、みんなでどうやって今日の練習を仕切ろうかと相談をする。そして、段取りを考え、放課後、一生懸命生徒たちに訴えかける。その繰り返しだった。でも、生徒会役員の気持ちは、なかなか他の生徒たちには伝わらなかった。

そのうち、敬老会が近付いてくると、昼休みの打ち合わせなんて関係なく、生徒会の役員たちは自然に言葉を発するようになっていた。

「お年寄りの方々はきっと、敬老会を楽しみにしてる。元気な中学生の姿を見たいと思ってる。だから、がんばって歌ってほしい」

「僕たちは今までいろんなことをちゃんとやってきたじゃないか。こんな風にしたくない。せっかくだから、成功させよう」

生徒会役員だって、みんなと同じ中学生だ。別に模範生徒でも正義の塊《かたまり》でもない。いつもはふざけることもあるし、おどけている。でも、一つのことを成功させるために、必死になっている姿はすごいものがあった。私たち教師より、ずっと真剣で、ずっと必死だった。自分たちと同じ立場である生徒に訴えるのだ。教師が動くより、ずっとずっと難しい。それなのに、生徒会役員のみんなは一生懸命に動いていた。

小説やドラマみたいにうまくはいかず、生徒会役員たちの気持ちは伝わることなく、敬老会はいまいちのまま終わってしまった。生徒会役員の生徒に嫌な思いをさせてしまった。それ以来、私の中にはずっとどんより重い気持ちが残っていた。

その後、すぐに前期生徒会任期最後の日がやってきた。記念にと生徒会室で写真を撮りまくることにした。最後ぐらい盛り上げて、生徒会のみんなに楽しんでもらおう。そう思った。

カメラを向けると、会長の生徒をはじめ、みんなおどけまくって、おかしな写真を大笑いしながらいっぱい撮った。みんながこんな風に笑う顔を久々に見る気がした。最後に笑ってくれてよかった。そうほっとしていると、議長を務めていたKさんに、

「なんかすごく久しぶりに生徒会室で、先生が本気で笑ってる姿が見れてよかっ

た」

と言われた。

本当、まだまだ中学生には敵《かな》わない。

生徒会活動は嫌なことがいっぱいあった。でも、本当に充実した時間だったと思う。あの五人のメンバーだったからこそ、乗り越えられた生徒会だった。

ちびっこ

私が二度目の担任をしたH中学校の二年生は、全員で九人しかいない学級だった。その中で、男子は五人。そして、驚くべきことに、五人中、四人の身長が一七〇センチを超えていた。三年生よりも、ずっと大きい。しかし、残る一人のU君の身長は、一四〇センチあるかないか。学校で一番小さかった。しかし、U君はその小ささをふんだんに生かしていた。とにかくものすごくかわいいのだ。

背の大きさと精神年齢が比例するのかどうかわからないけど、二年生の男子はみんな大人びていた。中学二年生でありながら、冷静沈着だった。

普段から、「もっと静かにしろ」と、怒ることより、「若者なんだから、もうちょっと、はしゃぎなよね〜」

と、注意することのほうが多い不思議なクラスだった。

その中で、U君は唯一、はしゃぎまくってくれた。きゃっきゃと喜び、ほかの男子がしらけ気味なレクリエーションなどにも、楽しそうに取り組んでくれた。

当時、国語の時間に毎回漢字テストを実施していて、満点を取るとシールを貼るというシステムにしていたのだけど、やっぱり二年の男子は、シールなんかには見向きもしなかった。そんなものとは無関係に、みんな淡々と満点を取っていた。そんな中、U君だけが、必死でシールを集めてくれた。ほかの男子のテストに貼ったシールも上手にはがして、自分のノートに貼りなおし、コレクションをしていた。男子はみんなそれを知っているから、シールがもらえるたびに、「はい、U君、シール」と、当然のように彼に渡していた。まるで兄弟のようで、その光景はちょっと笑えた。

こんなこともあった。学校のミーティング室の壁には、昔の学校行事の写真が貼ってあった。白黒の古い写真だ。誰かに似ている子どもが写っていたらしく、その写真を二年の男子たちが笑いながら見ていた。ところが、U君には写真の位置が高すぎて、見えない。どうするのかなと見ていたら、U君は、

「あげて～、あげて～」

と言うのである。

ほかの男子が、

「もうしゃあないなあ」

と、U君をひょいと持ち上げ、U君は写真を見ることができた。

まるで父と子だ。あまりのおかしさに私は爆笑してしまった。

U君を見ていると、笑いが絶えない。だけど、彼だって、きっと心の中でいろいろ思うことがあるはずだ。

ついうっかり、

「男子は、みんな大きいから、～してね」

みたいな話になるときがある。そんなとき、U君は、

「一人を除いてね」

と、先に突っ込みを入れてくれる。大きい男子に挟まれたりすると、

「小さいから、見えへん！」

と、いすの上に乗っかったりする。

身体測定のときも、

「一四〇の大台に乗れるかなあ～」

と、はしゃいだりする。

U君がこんな風じゃなかったら、もっと、周りは気を遣ったはずだ。その小ささに、どうやって触れたらいいのかギクシャクする場面もあったはずだ。だけど、U君は、決してそんな空気を流さない。

中学生にして、それを難なくやってしまうU君はめちゃめちゃでかい。そう思う。

教科書を捨て、校外に出よ

大学を出て、少しした後、私は私立の農業高校で働いていた。全寮制のキリスト教の学校で、カリキュラムもおもしろかったし、個性的でいろんな子がいた。生徒はみんな健やかで、自然に囲まれた場所にあるせいか、ゆったりとした学校だった。

私が国語の授業を受け持つことになったのは、そこの学校が初めだった。教育実習では授業をしたものの、どうしていいものかがいまひとつわかっていなかった私は、とりあえず、教科書を読み、それにくっついている指導書を参考にして、授業を行なっていた。

最初はたどたどしかったけれど、指導書に書いてあることを嚙《か》みくだいて説明するだけで、難しいことはなかった。自分が受けてきた授業と同じようなことをすればいい。しだいに慣れて、それなりにこなせるようになってきた。

そんなある日、女子生徒が定期テストの解答用紙の隅に、批判を書いていた。

「先生の授業は、参考書を読んでいるようでちっともおもしろくない。何も伝わってこない。ここは進学校じゃないのだから、そんなことする必要がない。とりあえず、もうすぐ秋がやってきます。外に秋を探しに行きませんか」

というようなことが書かれていた。

私はどきっとさせられた。完全に見透《す》かされていると思った。残念ながら、その通りだ。指導書を読んでるだけなのだ。何も伝わるわけがない。私自身、ただ無難《ぶなん》にこなしているだけで、授業をたいして愉快だとも思っていなかった。

その一言をきっかけに、まだ未熟で、教員として勉強不足だった私は、

「そっか。生徒がこう言ってるんだから、好きにしたらいいんだ」

と、勝手に解釈をして、自分が楽しめることを授業に取り入れるようになった。

その女の子のアドバイスどおり、外にも出てみた。学校の周りには、さまざまな木があり、動物がいる。これに触れずに、国語をするなんて、もったいない。学校の周りをぐるぐる歩いては、詩や歌を書いた。生徒たちはするすると、言葉を生み出す。それを見ているのはとても心地よかった。

そのうち、教科書もあまり使わなくなってしまった。読解力がつけばいいのだから、別に教材は何でもいいはずだと思い、好きな小説を印刷して、教材に使った。挙句《あげく》の果てには、生徒が書いて持ってきた小説を教材にもした。小説の内容は、虫に変身させられた高校生が旅をするという、はちゃめちゃなものだったけど、作者がそこにいるのだ。本当の答えがすぐ聞けた。

一人の女の子からの非難と、その高校の自由な校風のお陰で、私は本当に授業を楽しめるようになった。何かを一緒に紐解《ひもと》いて、高校生の生み出した言葉を読む。自分がそういう作業が好きなのだということも、そこで知った。揺れまくる多感な高校生なのだ。生徒はぞくっとするような言葉をたくさん書く。それをじかに読めるのは、教師の特権だと思う。そこでの一年半、生徒に刺激を受けまくっていたし、きっとそれが、今の私につながっていると思う。

その後、公立の中学校で働きはじめた私は、国語の授業で、ごく普通に生徒を連れて外に詩を書きに行こうとして校長先生に止められた。そして初めて、あの農業高校の中が特別な場所だったことがわかった。あの高校と同じような授業をしてよい学校など、きっとどこにもない。当たり前の話なのだけど、学校教育には指導要領というものがあり、いろいろと枠《わく》がある。やらなくてはいけないことがきちんと決まっているのだ。それは悪いことではないし、当然のことだ。

でも、教科書を進めるために、あせって授業をしているとき、ふと、

「秋でも探しに行きませんか？」

という言葉が頭に浮かぶ。

長電話の相手

私はほとんどというか、まったくといっていいほど、電話はしない。

今は新しい学校に変わったばかりで、ばたばたしていて、帰りが遅い。仕事から帰ってくると、電話できるような時間ではないし、そんな時間にかかってくる電話もめったにない。帰宅したら即行で寝てしまうし、布団に入ってからは電話を取らない。疲れたら一人になりたくなってしまうので、忙しいときは電話もメールもついついおざなりになってしまう。

そんな私なのに、Iさんからの電話はどうも無下《むげ》にできない。布団から抜け出してでも、電話に出て、早く寝たいなあと思いつつも、どうでもいい話に付き合ってしまう。

　Iさんは、ついこないだまで私が勤務していた学校で担任をしていたクラスの生徒だ。まだまだ幼いところはあるけど、陽気でかわいらしい女の子だ。

　そのIさんが、毎日のように、夜遅くであろうと、何度もベルを鳴らしてくるのだ。といっても、急用なわけではない。

「担任の先生が〜先生になったよ」

　とか、

「学級委員に立候補したよ」

　というまともな報告もたまにはあるけど、彼女の話のほとんどは、

「授業で、質問されたけど、〜君も〜さんも間違えてたよ」

　とか、

「今日、掃除の時間に、〜さんが、〜君にほうきばかりしてずるいって言ったら、ボケって言われたよ」

とか、本当にとんでもなく些細《ささい》なことばかりなのである。

彼女の担任をしていたから、そういうどうでもいい話を前から休み時間や放課後にしてはいたけど、電話を通して改めて聞くと、あまりの取るに足りなさに笑えてしまう。

わざわざこんな風に電話をしてくるのだから、私が彼女の担任をしていたときから、すっかりなついてくれていたのかといえば、そんなことはない。

Iさんは、いつも、

「瀬尾先生はいちいちうるさいから、いやだなあ」

と、文句を言っていたし、

「あーあー。瀬尾先生じゃなくて、~先生が担任だったらなあ」

とも、こぼしていた。

それなのに、いちいち律儀《りちぎ》に報告してくるのが、かわいらしい。

その中学校では、修学旅行が二年生の学年末にあり、私は転勤前に彼女たちと一緒に行った。その写真が、四月になってから、学校に展示された。自分が写っている写真を申し込むと、購入できるというやつだ。

さっそく、Ｉさんが、どんな写真があるかを電話してきてくれ、

「先生のも一枚だけ買っといてやったから送るよ」

と、言ってくれた。

「本当？　ありがとう！」

と喜んでみせたけど、実は、どんな写真があるかは知っているし、私が撮影した写真がほとんどだ。だけど、Ｉさんのそういう気遣いはありがたいなと思う。

電話がかかってくるたび、

「電話ばっかりしてんと、もう、三年生やし、ちゃんとがんばりないな」

と、言ってはみせるけど、Ｉさんの話を聞くと、いろんなことが目に浮かんで、心が和《なご》む。がんばらないとなあと思わされているのは、私のほうだ。

早く新しい先生になじまないと、という心配はしなくても、いつまでもこんな風に電話はかかってはこないし、中学生はすぐに次に向かっていける。きっと、Ｉさ

んからの電話が来なくなったころ、私も完全に新しい中学になじみはじめているんだろうなと思う。

でこぼこ

私が一番よく聴いている音楽。それは、「でこぼこ」が歌う、二十秒くらいのアカペラソングだ。

「でこぼこ」というのは、私が宮津に来て最初に担任を持ったクラスの生徒たちで結成されたアカペラグループだ。

数年前、宮津にやって来た私は、一年生の担任をすることになった。男子四人、女子四人、合わせて八名しかいない小さなクラス。でも、何よりよかったのは、男女問わず八人の仲がよかったことだ。元気なクラスで、つまらないことでもみんなで爆笑し、一日中にぎやかだった。けじめがないという欠点はあったけど、八人で力を合わせて何かをやり遂げるパワーはすごかった。個性豊かな八人だったから、ぶつかり合うこともあったけど、お互いにお互いを認め合えるクラスだった。いろんな問題も、八人の仲がよかったお陰で、みんなで何とかしてこれた。わからないことだらけだった私が、「楽しい、楽しい」と笑いながら、一年間乗り切ることができたのは、あの八人と一緒だったからだと思う。

八人は歌を歌うことが大好きで、よく歌っていた。中学生ぐらいになると恥ずかしがって、音楽の授業なんかでも声が小さい子も多いのだけど、この八人は卒業するまで、嬉々としていつも大声で歌を歌っていた。音楽の時間は授業が始まる前に行き、先生に合唱曲をリクエストしてピアノで弾いてもらって歌っていたし、昼休みなんかにでも音楽室で歌っていることもあった。

そんな八人の一年生の担任を終えた、三月の修了式の日。女の子たちに音楽室に呼び出された。

「歌を作ったから聴いて」と、言う。

何だそれはと、笑いながら音楽室に行くと、歌いはじめる前にピアノで音程を取ったりして、本格的にアカペラが始まった。

「私たちの感謝の気持ちです。ありがとう。瀬尾先生の笑顔がすてき。これからもがんばってね」

という、簡単な短い歌だったけど、みんなの声がきれいにハモっていて、とてもすてきだった。

修了式の少し前から、放課後に誰かの家に集まってはアカペラの練習をしていたらしい。時には男子もその練習に参加していたという。そのアカペラグループの名前が「でこぼこ」だ。そのクラスは、背の小さい子、大きい子、いろんな子がいたので、グループ名をでこぼこにしたらしい。

すっかり感動した私は、もう一度歌ってもらい、その歌をテープに録音した。そして、その後何度も、学校へ向かう車の中でその歌を聴いた。二十秒で終わってしまう短い歌だから、何回も巻き戻しては聴いた。

学校で働くことは楽しいし、好きなのだけど、気が重いこともある。そんなとき、この歌を聴くと、まあ、がんばろうかなという気持ちになれた。歌を聴いていると、楽しそうな生徒たちの顔が浮かんで、やっぱり私は学校に行きたいんだなって思えた。

それから四年が経ち、その八人も卒業して高校生になり、私自身もその中学校を去る日がやってきた。

離任式の日。「でこぼこ」のメンバーたちが、中学校まで来てくれ、みんなでお金を出し合って花束をプレゼントしてくれた。なんとなく、大人になったんだなあっとしみじみしていたのだけど、全然そんなことはなかった。誰が花を購入するかきちんと決まっておらず、二つかぶって買ってしまったらしく、「一つはあげるけど、一つは先生買い取ってよ」と言う。やっぱり、笑える人たちだ。話してみると、中学生のころと変わらず元気なままで、嬉しくなった。

能力開発センター

その昔、私は能力開発センターというところでアルバイトをしていた。

名前だけ聞くと、ものすごいところのようだけど、人々の隠された能力を引き出していたわけでも、いんちきくさい商品を売っていたわけでもない。単なる幼児教室だ。

仰々《ぎょうぎょう》しい名前の幼児教室には、小学校受験や中学受験を目指す子どもたちが通っていた。手っ取り早く言ってしまうと、エリートでお金持ちの子どもが勉強する教室だった。

その塾では、独自に開発した知能が高くなるという教材を使っていた。教材はゲームみたいなものが多く、遊びながらどんどん賢くなるというすぐれものだった。理数系はからっきし苦手な私には、そのゲームの何が面白いのかわからなかったけど、子どもたちは嬉々として取り組んでいた。きっと、こういうゲームをおもしろいと思える子どもが賢くなるんだなあと感心しながら、授業を行なっていた。

子どもたちは勉強をしているときは恐ろしく意欲的にがんばるのだけど、勉強が終わると、わがままでだらけた子どもに変身した。授業中より、授業後の子どもの相手にてこずるのだ。子どもというのは、だいたいこんなものなのかもしれないけど、あまりの変貌《へんぼう》ぶりに驚いた。

各家庭にはそれぞれ教育方針があって、いろんなやり方があるからこそいいのだと思うけど、やっぱり子どものころからみっちり勉強させられるのは、かわいそうな気がした。知識を詰め込みすぎると、疲れて反動が出るんだなあ。授業が終わって、だだをこねる子どもの様子を見ていると、自分の子どもはもっと遊ばせようと、思わずにいられなかった。

その教室に、かっちゃんという子が通っていた。小学校二年くらいだったと思う。とにかくものすごくおっとりした子どもだった。

能力開発センターに来ている子どもたちは、みんなすばやい。スピードが問われる問題も多かったから、勉強をしているときはいつも急いでいた。だけど、かっちゃんはまるで違う。みんなが戦いに挑むように教材をこなしていく横で、一人ゆったりと問題を解いていた。頼りなく、少し首をかしげながら答える。「正解」と言うと、くすりと笑う。そんな感じだった。

知能のためとはいえ、ゲームなのだ。てきぱき取り組むのもいいけど、笑いながらやる程度のものなのかもしれないなとかっちゃんを見ていると思えた。能力を開発するために、「速くね」と注意をしてはいたけど、いくら経っても、一向にかっちゃんのスピードが上がることはなかった。

その教室では、保護者が送り迎えをしていて、毎回、授業の後に、その日の授業の様子を保護者と話をする時間があった。

ある日、先輩の先生と懇談をしているお父さんを、かっちゃんが一人で待っていたことがあった。あまりにもおとなしいので、本でも読んでるのかなと、待合室を覗いてみると、かっちゃんは、お父さんのかばんからめがねを取り出し、黙々と磨《みが》いていた。

「かっちゃんって、優しいんだね」

と、私が感心すると、

「お迎え来てくれるからねえ」

と、かっちゃんはおっとりと答えた。そして、

「きれいになあれ」

とつぶやきながら、また丁寧にめがねを磨きはじめた。

その教室では、子どもたちはみんな親に送迎してもらえるのは、当然だと思っていたと思う。どっちかというと、親に対して偉そうな子どもが多かった。懇談している保護者を、「早く!」と文句を言いながら、待っていた。少なくとも、連れてきてもらっていることを、感謝している姿は見たことがなかった。

勉強より大事なものがある。ってよく聞くけど、本当にそうだ。勉強を詰め込む教室の中で、ふんわりした優しさを持っていられるのは、すごいことだ。どんな開

発された教材でも、かっちゃんの「おっとり」を直すことはできないかもしれない。だけど、どんなごたごたした中でも、かっちゃんのふんわりした優しさは変わらないはずだ。

図書室の神様

昔、私の勤めていた中学校に、文学部というものができた。その年は、生徒の希望を聞いてクラブを作ろうということになり、一人の男の子が文学部を希望して、創設されたのだ。やっぱり国語科ということで、私が顧問になった。部員が一名、顧問が一名の小さな部活。でも、実は私は読書家でもなければ、文学に詳しいわけでもなかった。だから、文学部と言っても、何をどうしていいかさっぱりわからなかった。

文学部の活動は、不思議なものだった。時々、会議をしてみたり、文学部ノートを作って詩を書きあったりした。でも、ほとんどは彼が一人で黙々と文学について調べていた。ものすごくたまに質問されて答えることもあったけど、彼は一人で穏やかにいろんなことを考えては、言葉に変えていた。私はたいしてすることもなく、彼が読みかけている本をぱらぱらめくったり、ぼんやり彼の活動している姿を眺めているだけだった。それでも、彼の書く言葉を見るのは楽しく、ただそれだけでおもしろかった。

彼は顧問の私よりずっと大人でまじめで、暑い夏の日も「クーラーのあるOA室に行こう」という私の誘惑をものともせず、温室のような図書室できちんと活動をしていたし、卓球大会など楽しそうな取り組みがあるときに「たまには図書室を出て遊びに行ってみようよ」とけしかけても、「僕はいいので、先生行ってください」とあっさりとかわして文学にいそしんでいた。

二人しかいないとはいえ、文学部は楽しかった。でも、ずっと不安も消えなかった。中学生の毎日はすごく貴重だ。そんなときに、たった一人で図書室にこもって、本を読んだり言葉をつむぐことがいいことだとは思えなかった。それに、彼は当時、学校で一番運動神経がよかった。陸上で府大会に進出するほどの能力を持っていた。だから、周りも「あいつが文学部にいるのはもったいないなあ」と言っていたし、そう言われるたび私はなんだか申し訳ないような気がしていた。

そんなある日、文学部ノートに彼が、「僕が今までで一番幸せだったのは、かけっこで一番になったときでも、テストで百点を取ったときでもない。それは、希望通り文学部ができたときだ」と書いていた。その言葉を見て、私はようやく安心できた。明確な答えだ。別に運動をしなくたっていい。彼が「幸せだ」って感じてるってことは、それで十分文学部は意味があるんだって思えた。

彼は愉快で、まじめで、とても優しい中学生だった。だけど、彼の優しさは完璧に近くて、見ていて痛々しく思えることもあった。少々優しさが削《けず》られても、もっと強くなればいいのに。私はひそかにそう思っていた。

その年の秋、文学部の活動は終わり、最後に彼は「文学のすすめ」という主張文を書いた。そして、市の主張大会に出場することになった。学校の代表として、観客の前で、その主張文を発表することになったのだ。作文はいいものだったけど、彼は照れ屋だったし、きっと主張は緊張してうまく発表できないだろうな。そう思いながら、私も観客席で彼の発表を見ていた。しかし、彼の主張はすごかった。観客をじっと見据《す》えて、声高らかに自分の思いを主張した。私は本当にどきどきした。主張の内容はずいぶん前から知っていたし、何度も読んでいた。そんなことより、なにより、彼の中にこんな強さがあったんだ。ということに胸が打たれたのだ。

この文学部での活動は、少し前に書いた小説、『図書館の神様』のもとになっている。読み返してみると、文学部での日々が思い出されて、ちょっと懐かしい。でも、実物の彼は小説の中の彼より、もっとずっと素敵だった。実際の活動は、もっと愉快だった。どれだけ言葉を使って表現しても、なかなか本物の中学生には追いつかない。ちょっとやそっとで表現できないくらい、素敵な中学生にもっともっと出会っていきたい。

アイラブ二組

去年、ついに念願の採用試験に受かり、正式に教員となった。そして、初任者として今の中学校に勤務することになり、担任を持たせてもらえることになった。初教員で担任を持てるなんてラッキーと喜んだのだけど、二年二組の担任と発表されたときは、正直、「え？　まじっすか？」と思った。

初任者だから担任を持たせてもらえても、きっと一年生だろうと勝手に踏んでいたのだ。生徒のほうが自分より学校のことを知っているっていうのは、都合が悪い。その年は私以外にも二人初任者の先生が入ってきたのだけど、二人とも一年生に所属。どう見ても一番頼りない私が二年に配属された。内心、「よりによってどうして私が二年生なんだ。はずれだ！」と思ったし、指導教官の先生にも、「初任者で二年生を持つのはハンデだよね。気の毒に」と言われ、なんて幸先《さいさき》の悪いスタートなんだと嘆《なげ》いていた。

案の定、二年二組の担任となった初日。突然虫を投げつけられるわ、ぎゃあぎゃあ騒がれるわで、だから二年生は嫌なんだとげんなりした。生徒のほうも、「もう辞めたくなっただろ」とか、「明日から学校こんちゃう？」とけたけた笑っていた。「こんなクラス、一年ともたない」そう思った。

それから日々はバタバタ流れ、いつの間にかずいぶん生徒に助けられていることに気づいた。もちろん、口が悪い生徒もたくさんいて、私は散々なめられまくった。だけど、「～しといちゃるわ」と言って動いてくれるのも、「これはこうしたほうがええって」とアドバイスしてくれるのも生徒だった。初任者の私は知らないことがたくさんあった。わからないことも山ほどあった。でも、困ることはなかった。それは、二年生の担任だったからだ。実際には二年生を持つのはハンデではなく、かなり幸運なことだったのだ。

二年の担任が終わろうとした三月末、校長先生に、次年度の希望を訊かれた。来年度は何がしたいのか、希望の分掌や所属学年などを訊かれるのだ。私は即答で「絶対三年二組担任です」と答えていた。それが一番の希望で、それ以外はどうでもいいと思った。

希望が叶《かな》い、二組を持ち上がり、今、半年が経とうとしている。

課題も当然ある。だらしがないし、けじめがないし、落ち着きもない。いざこざも起きるし、けんかもする。その時々の気分で流されやすいクラスだと思う。でも、とにかく温かくて、言葉にするとうそ臭いけど、思いやりにみちたクラスだ。

修学旅行で欠席者が出たとき、全員でお金を出し合ってお土産を買った。合唱祭前日には実行委員長が一人ひとりに心をこめて手紙を書いてくれた。そして、合唱祭が終わった後には一人ひとりが実行委員長に返事を書いた。体育祭前には生徒会長のK君が巨大なてるてる坊主をクラスのために作ってきてくれた。

私が授業に遅れて行ったとき。指示したわけじゃないのにみんなで一行ずつ順番に教科書を音読して待っていてくれた。駅伝大会前日。出場することになったクラスメートを驚かせようと、クラスのみんなでこっそり練習して歌のプレゼントをした。

「今、クラスのこういうところをなんとかせんなんね」

そういう風に言ってくれる生徒が何人かいる。

「あの子きっと困ってるんちゃう？　なんとかしたろうで」

そんな風に仲間のことを気にかけてくれる生徒も何人かいる。

そして、それを受けて動こうとしてくれる生徒がたくさんいる。

講師としていろんな中学校で働いてきた。もっとまじめなクラスも、もっと落ち着いたクラスもあった。でも、これだけ人を受け入れられる、温かい中学生の集団を見たのは初めてな気がする。三十五人いろんな生徒がいるけど、みんなクラスのために、当たり前のように動ける。男女かかわらず、誰かが何かをやろうとするとき、結局はみんな労を惜しまず協力している。以前、妹が中学校に来て二組の生徒と会ったことがある。そのとき、「いまどきの中学生って、こんなに温かい雰囲気なん？」と驚いていたけど、実際その通りなのだ。

たとえば掲示物と押しピンを持っていけば、知らない間に誰かが貼っておいてくれている。そういうことが普通のクラスだ。

もちろん現実は甘くないし、良いことばかりじゃない。相手は生身《なまみ》の中学生だし、二組のことで落ち込むこともしょっちゅうある。教師なんか辞めて、ひそかに山奥でうどん屋でもしながら生きていこうと思うこともある。でも、救ってくれるのも二組だと思う。学校に行きたくない日があっても、まあ二組に会えるんだからと乗り切れることは多い。ほんの少しでも二組の少し成長した姿とか見たときには手放しで嬉しいし、やっぱり二組と一緒に何かしているときが一番楽しい気がする。結局、悩みも喜びも生活の九十七パーセントが二組でできている。

私が二組に惚《ほ》れ込んでいるのは見え見えなので、たまに生徒にも、

「うちらが卒業したら、先生どうなるだろうねえ」

と言われることがある。

「またかわいい一年生とか担任できるだろうから、別にいいよ」と、言ったりするけど、今年の三月、二組の面々がいなくなることを想像するだけで、内心ぞっとし

ている。

　大げさじゃなく、今までこんなに何かに愛情を注いだこともないかもしれない。最初にすごいクラスを持ってしまうと、後々どうなるのかと心配だけど、やっぱり自分のクラスを愛せる以上に幸せなことはないなと思う。

本書は二〇〇六年十二月、小社より四六判で刊行されたものです。

一〇〇字書評

切り取り線

購買動機（新聞、雑誌名を記入するか、あるいは○をつけてください）

□（　　　　　　　　　　　　）の広告を見て
□（　　　　　　　　　　　　）の書評を見て
□ 知人のすすめで　　□ タイトルに惹かれて
□ カバーが良かったから　　□ 内容が面白そうだから
□ 好きな作家だから　　□ 好きな分野の本だから

・最近、最も感銘を受けた作品名をお書き下さい

・あなたのお好きな作家名をお書き下さい

・その他、ご要望がありましたらお書き下さい

住所	〒				
氏名		職業		年齢	
Eメール	※携帯には配信できません		新刊情報等のメール配信を 希望する・しない		

この本の感想を、編集部までお寄せいただけたらありがたく存じます。今後の企画の参考にさせていただきます。Eメールでも結構です。

いただいた「一〇〇字書評」は、新聞・雑誌等に紹介させていただくことがあります。その場合はお礼として特製図書カードを差し上げます。

前ページの原稿用紙に書評をお書きの上、切り取り、左記までお送り下さい。宛先の住所は不要です。

なお、ご記入いただいたお名前、ご住所等は、書評紹介の事前了解、謝礼のお届けのためだけに利用し、そのほかの目的のために利用することはありません。

〒一〇一－八七〇一
祥伝社文庫編集長　清水寿明
電話　〇三（三二六五）二〇八〇

祥伝社ホームページの「ブックレビュー」からも、書き込めます。
www.shodensha.co.jp/bookreview

祥伝社文庫

見《み》えない誰《だれ》かと

平成21年 7月30日　初版第1刷発行
令和7年 3月25日　第8刷発行

著　者　瀬尾《せお》まいこ
発行者　辻　浩明
発行所　祥伝社《しょうでんしゃ》
東京都千代田区神田神保町 3-3
〒101-8701
電話　03（3265）2081（販売）
電話　03（3265）2080（編集）
電話　03（3265）3622（製作）
www.shodensha.co.jp
印刷所　堀内印刷
製本所　ナショナル製本

 ISBN978-4-396-33511-3 C0193